KB052561

그 겨울,
손탁 호텔에서

그 겨울,
손탁 호텔에서

듀나

미스터리 소설집

퍼플
레인

차례

"니콜라이 예르몰라이치!
신학교에서 쫓겨나고 가보리오를 많이 읽은 사람이
때때로 어떤 일을 해낼 수 있는지 머리로 이해하기란
어려운 법이죠! 오늘부터 저는 스스로를 존중할 겁니다!"

– 안톤 체호프, 〈스웨덴 성냥〉

성호 삼촌의 범죄

1.

우리 삼촌 양성호는 제법 유명한 배우다.

이렇게 설명하는 이유는 여러분이 성호 삼촌에 대해 알고 있을 가능성이 극히 낮기 때문이다. 내 계획에 따르면 이 글은 관련된 사람들이 모두 죽은 22세기 초나 중엽에 공개가 될 텐데, 친척이라 아무리 좋은 말만 하고 싶어도 삼촌은 송강호나 최민식이 아니다. 그때까지 기억될 리가 없다.

지금도 삼촌 이름을 모르는 사람은 많다. 대부분 사람들에게 삼촌은 주로 주말 연속극에 실장님이나 팀장님으로 나오는 허우대 좋은 총각이다. 이름을 아는 사람이라면 삼촌이 영어와 중국어를 그럴싸하게 구사하는 서울대 출신이라는 것도 알고 있겠지만, 그걸 굳이 다른 사람들까지 알아야 할 필요는 없다. 삼촌은 다수의 시청자가 얼굴만 알고 이름은 모르는 수많은 중상급 연예인 중 한 명이다.

삼촌은 대단한 배우는 아니다. 하지만 키가 크고 잘생겼고 목소리가 좋고 발성이 정확하고 외국어도 잘한다. 암기력과 이해력이 뛰어나 대본도 빨리 외운다. 전문용어 같은 것도 자연스럽게 읊어서 전문가를 연기할 때 어색함이 없다.

원래부터 배우가 되려고 했던 건 아니었다. 어렸을 때 장래 희망은 과학자, 그것도 천문학자였다. 삼촌은 칼 세이건의 《코스모스》를 마르고 닳도록 읽으며 과학에 대한 꿈을 꾸었던 수많은 청소년 중 하나였다. 그 청소년 대부분과는 달리 수학을 잘했고 공부에 필수적인 묵직한 엉덩이를 갖고 있던 삼촌은 실제로 목표를 어느 정도 이루었다.

"성호 걔는 공부머리가 있어."

명절 때마다 모인 친척들이 늘 하는 말이었다. 여기엔 조금 깔보는 어조가 섞여 있었다. 삼촌은 약아빠진 사람이 아니었고 눈치도 없었다. 기도 약해서 한참 어린 친척 아이들에게 끌려다니고 속아 넘어가고 이용당했다. 그런데도 우등생이었으니 뇌의 모든 기능이 공부 쪽에 몰려 있는 바보 취급을 받은 것도 이상하지 않다. 하지만 난 늘 그게 어처구니없다고 생각했다. 맥스웰 방정식을 이해하는 사람과 이해하지 못하는 사람이 있다면, 남의 두뇌를 갖고 놀려대는 건 방정식을 이해하지 못하는 사람이 할 일이 아니다.

성호 삼촌이 친척들에게 남몰래 따돌림을 당했던 또 다른 이유는 삼촌이 실제로 남이었기 때문이다. 큰삼촌, 아빠, 고모 세 남매를 낳은 할머니가 일찍 돌아가시고 오 년이 지나서 할아버지는 군산에서 쌀집을 하던 과부와 재혼을 했는데, 성호 삼촌은 그 과부, 그러니까 내가 아는 할머니가 전남편과의 사이에서 낳은 아들이었다. 처음엔 양씨가 아니라 차씨인가 그랬다. 특별히 해준 것도 없는데 알아서 과학고 조기졸업을 거쳐 서울대까지 들어갔으니 당연히 예쁨을 받았지만 그래도 가족 사이에 잘 녹아들지는 않았다. 일단 외모부터 양씨 집안 아들이 아니라는 티가 났으니까. 나랑 언니도 그렇지만 우리 집안사람들은 모두 가무잡잡하고 키도 작고 빼빼 말랐다. 하지만 성호 삼촌은 피부가 희고 키는 185센티미터에 타고난 근육질에다 어깨도 수영 선수처럼 넓었다. 많이들 부러웠겠지.

삼촌이 어떻게 배우가 되었냐고? 별 이야기는 아니다. 졸업이 다가오자 삼촌은 눈앞이 캄캄했다. 학교에 남자니 그 배배 꼬인 인간관계와 정치를 감당할 수 있을 것 같지 않았다. 취직하자니 어디를 뚫어야 하는지 알 수 없었다. 자신이 과학자로서 미래가 있긴 한 건지, 그냥 시험만 잘 치는 공부 기계인지도 확신할 수 없었다. 그러다 덜컥 길거리 캐스팅이 된 삼촌은 허우대 좋은 젊은 남자들이 떼로 몰려나오는 CF에 연달아 나오게 되었고 곧 모델계가 무대인 케이블 드라마에서 대사 있는 단역까지 맡았다. 삼촌은 썩 잘해냈고, 서울대 졸업장이 학계보다 더 잘 먹히는 곳이 연예계란 사실을 알게 되었다. 밑천 닳을 때까지 잠시만 하자던 계획은 오 년을 훌쩍 넘겼고 연기는 삼촌의 직업이 되었다.

친척들은 대놓고 질투하기 시작했다. 공부벌레 녀석이 이제 텔레비전에도 나오네? 돈도 잘 버네? 중국에서도 인기라네? 신민아와 키스신도 찍었네? 처음부터 저럴 거라면 왜 그 고생을 하며 공부를 했을까?

친척들의 질투심은 디스패치가 성호 삼촌의 열애설을 터뜨리면서 최고조에 이르렀다. 결혼을 전제로 진지하게 사귀고 있다는 열애설의 상대는 고양식품 창립자의 양녀였다. 근본도 없는 가짜 양씨 공부벌레 녀석이 텔레비전에 나오더니 이제 준재벌 집안의 사위가 된다는 것이다. 여기서부터 친척들은 더 이상 질투를 할 수도 없었다. 그냥 난놈이라는 걸 인정하고 어떻게든 그 기회를 이용해먹을 수밖에.

친척들이 질투하고 부러워하는 동안 삼촌에 대한 내 존경심은 절정에 달했다. 열애설이 터진 상대가 고양식품 창립자 양녀라는 건 하나도 안 중요했다. 중요했던 건 그 사람이 채수린이라는 사실이었다. 여러분은 채수린을 아시나? 알았으면 좋겠다. 정말 좋은 배우이고 정말 예쁜 사람이기 때문이다. 원래는 한예종에서 연출을 전공했다는데 나중에 좋은 영화도 많이 감독해서 지금 이 글을 읽는 22세기의 독자들이 "아, 그 채수린 감독!" 하면서 무릎을 쳤으면 좋겠다.

사람들은 삼촌과 채수린이 어떻게 만났는지 궁금해했다. 삼촌은 텔레비전 드라마 실장님 전문 배우이고 채수린은 베네치아와 선댄스에 한 번씩 갔다 온 독립영화계의 요정이다. 둘 사이엔 접점이 없었다. 나중에 내가 알아봤더니 둘은 열애와는 전혀 거리가 먼 사무적인 사이였고(이에 대해서는 나중에 다른 글을 따로 쓰겠다. 여기에 한꺼번에 담기엔 너무 길고 복잡한 이야기다) 열애설 사진도 일부러 찍힌 것이었다. 하지만 그렇다고 삼촌에 대한 내 존경심이 떨어지거나 하는 일은 없었다. 오히려 반대였다. 채수린과 그렇게 은밀하게 프로페셔널한 관계를 맺을 수 있었다니 삼촌이 더 존경스럽다.

이때, 좋은 일만 있을 것 같던 삼촌의 앞을 가로막는 사람이 나타났으니 그 이름은 정상만이다.

이렇게 쓰고 나니 갑자기 등장한 조폭 악당 같은데 그렇지는 않다. 사실 난 이 사람을 정상만 대신 상만이 삼촌이나 상만이 아저씨라고 불러야 한다. 하지만 앞으로 다룰 사건을 생각해보면 도저히 그렇게 못 쓰겠다. 그냥 정상만이라고 쓸 테니 독자 여러분은 이해해주셨으면 한다.

정상만은 삼촌보다 두 살 위였고 어렸을 때부터 단짝으로 지냈다. 내가 태어나기 사 년 전에 일어난 외환위기 사태 때 집이 망했지만 그전까지만 해도 할아버지네 집보다 훨씬 잘 살았다. 골목을 사이에 두고 이웃으로 살았던 두 집 사람들은 늘 어울려 다녔고 결국 고모랑 그 집 장남이 결혼까지 하게 된다. 고모네는 결혼하자 곧 호주로 이민을 갔고 이 이야기에는 등장하지 않는다.

집에 있는 책이라고는 성경책과 동화책 몇 권이 전부인 삼촌네 집과는 달리 정상만의 집은 훨씬 문화적이었다. 성호 삼촌이 어렸을 때 읽은 책 대부분이 그 집에서 빌려 온 것이었다. 그중에 《코스모스》도 있었음은 말할 필요도 없다. 삼촌과 정상만은 칼 세이건과 아이작 아시모프의 책을 읽으면서 우주의 신비와 외계인의 존재 가능성에 대해 몽상하곤 했다. 삼촌이 과학자를 꿈꾸었던 것도 따지고 보면 모두 정상만 때문이었다.

묵묵하게 모범생의 길을 걸었던 삼촌과는 달리 정상만의 미래는 쉽게 풀리지 않았다. 가족이 갑자기 가난해져 서울을 떠나 인천으로 이사를 갔다. 집중력과 인내력이 부족해서 고등학교 때부터는 공부도 그리 잘하지 못했고 나쁜 친구와 어울려 다녔다. 새로 생긴 집 근처 대학에 어쩌다 들어갔지만 거기서도 공부를 안 했고 간신히 졸업한 뒤에도 방구석에 박혀 헛된 꿈이나 꾸었다.

한동안 소식이 없던 정상만이 과일 바구니를 들고 삼촌네 집 앞에 나타난 건 2014년 11월이었다. 큰삼촌이랑 아빠는 결혼 후 분가했고 할아버지는 돌아가셨고 할머니는 이제 대전에 있는 큰삼촌네 집으로 이사 갔기 때문에 성호 삼촌 혼자만 살고 있었다. 이제 그 집은 연립주택이 바글바글한 골목에서 유일한 단독주택이었다. 정상만이 살던 맞은편 집은 오래전에 사라지고 없었다.

정상만은 삼촌을 텔레비전에서 봤다고 말했다. 스타가 된 것을 축하했고 과학자의 꿈을 포기한 것이냐고 물었다. 삼촌은 우물쭈물 대답을 흐렸고 정상만은 이해한다고 대답했다.

둘은 오랫동안 대화를 나누었다. 주로 어린 시절에 대한 이야기였다. 마치 이사 후 끊어진 대화가 그대로 이어진 것 같았다. 칼 세이건, 아이작 아시모프, 우주, 외계인.

삼촌은 슬퍼졌다. 어린 시절 정상만은 우상이었다. 그때 정상만은 삼촌보다 훨씬 똑똑하고 아는 것도 많았다. 하지만 지금의 정상만은 여전히 여기저기 책에서 읽은 쓸모없는 잡지

식으로 머리가 가득 찬 중학생 그대로였다. 아니, 중학생보다 못했다. 지식은 십여 년 전 그대로였고 조금도 업데이트가 되어 있지 않았다. 심지어 명왕성이 더 이상 행성이 아니라는 사실도 몰랐다.

이후 정상만은 시간이 날 때마다 과일이나 과자를 들고 삼촌을 찾아왔다. 만날 때마다 그는 사업 이야기를 했다. 정상만은 최근 들어 이가산이라는 발명가가 만든 퀀텀 에너지 제너레이터라는 것으로 사업을 하려고 하고 있었다. 시제품도 만들었고 특허도 땄고 작동도 된다. 이제 돈만 조금 있으면……. 그리고 네가 홍보를 조금 도와준다면…….

정상만은 정말 이가산과 퀀텀 에너지 제너레이터를 진지하게 생각했던 걸까? 삼촌은 그가 정말 그 모든 헛소리를 믿었을지도 모른다고 생각한다. 하지만 그렇다고 삼촌까지 그럴 수는 없었다. 아무리 드라마에 나와서 "수정 씨, 저를 그렇게 생각해준 건 수정 씨가 처음이에요!" 따위의 대사를 읊는 신세여도 삼촌은 여전히 과학자였다. 정상만이 그가 몇 달째 머물고 있는 근처 지하실 집까지 억지로 끌고 가서 보여준 말도 안 되는 기계가 아무짝에도 쓸모없는 쓰레기라는 걸 모를 수가 없었다.

어떻게든 정상만을 멀리하려 했지만 방법을 알 수 없었다.

삼촌은 사람 다루는 데에 서툴렀고 누구에게도 모질게 굴지 못했다. 그렇다고 정상만이 원하는 것처럼 이가산의 퀀텀 에너지 제너레이터 따위를 홍보해줄 생각 따위는 티끌만큼도 없었다. 차라리 돈을 줄 수는 있었다. 하지만 정상만은 그것만으로는 만족하지 못했다. 심지어 그는 삼촌이 찍은 면도기 광고 사진을 멋대로 포토샵질해서 홍보물까지 만들고 있었다. 그가 이틀만 더 살았다면 그런 게 동네 카바레 광고물 옆에 붙어 있었을지도 모르는 일이다. 그랬다고 별일이 있었겠느냐마는.

정상만이 마지막으로 성호 삼촌 집을 찾아온 건 2015년 8월 5일 밤 9시 무렵이었다. 그는 술에 취해 있었고 절박해 보였다. 그는 이번엔 투자자 모임에 나와달라고 하소연했다. 지금은 사람들이 안 믿지만 서울대 출신 스타가 나오면 사정이 달라질 거라고. 삼촌은 겁에 질렸다. 형이 언제부터 내 이름을 팔고 다녔던 거지?

더 이상 참을 수 없었던 삼촌은 정상만에게 사실을 이야기했다. 이가산이란 인간은 너무나도 시시한 사기꾼이라 심지어 인터넷으로 검색을 해도 나오는 게 없다고. 퀀텀 에너지 제너레이터란 건 마트에서 파는 애들 로봇 장난감보다도 쓸모없는 잡동사니에 불과하다고. 무슨 일이 있어도 홍보물을 찍거나 투자자 모임 따위에 나가 사람들을 속이는 일은 없을 거라고.

정상만은 화를 내지 않았다. 오히려 의기양양해진 그는 경찰이 어쩌고 하는 이상한 소리를 내뱉었다. 처음에 삼촌은 그게 투자자 모임 때문에 삼촌의 이름을 판 걸 얘기한다고 생각했다. 하지만 정상만은 엉뚱하게도 마약 이야기를 하고 있었다.

"무슨 소리야, 마약이라니."

"내가 저번 월요일에 가지고 온 과자 말이야. 네가 그걸 먹었잖아."

그때서야 삼촌은 정상만이 무슨 소리를 하는지 알 수 있었다. 정상만이 가지고 왔고 재스민 차를 함께 마시며 나누어 먹었던 브라우니와 쿠키에 대마초가 들어 있었던 것이다. 삼촌은 전혀 몰랐다. 정상만을 돌려보낸 뒤 그냥 이 닦고 잤으니까. 저 말이 사실이라면? 마약 성분이 언제까지 몸에 남아 있는 거지? 경찰에게 사실대로 말하면 믿어줄까? 만약 믿어주지 않는다면? 이 개월 뒤에 찍을 한중 합작영화는 어떻게 하지? 무엇보다 수린이는?

그때까지만 해도 삼촌은 준법 시민처럼 생각했다. 여기서 멈추었다면 정상만은 살 수 있었다. 하지만 그는 선을 넘었다. 채수린을 언급한 것이다.

나는 그가 정확히 어떤 말을 했는지 모른다. 삼촌은 아직도 그 이야기를 하지 않는다. 아무리 보채도 내가 들을 수 있는 대답은 똑같다. 절대로 해서는 안 되는 말, 어떤 여자도 들어서는 안 되는 말이었다고.

차라리 삼촌과 채수린이 정상만이 생각하는 것처럼 열애 관계였다면 이런 일은 없었을지 모른다. 하지만 둘의 관계는 달랐다. 겉으로만 보여주는 계약 연애였다고 해서 두 사람에게 서로를 아끼는 마음이 없었던 건 아니다. 오히려 둘은 공범자들이 나누는 강한 동지애로 묶여 있고 그건 연애 감정보다 단단했다. 그리고 그 감정은 보호자였던 삼촌 쪽이 두 배 정도 강했다.

삼촌은 정상만의 얼굴을 주먹으로 쳤다.

정상적인 상황이었다면 정상만은 그냥 얼굴 한 대 맞은 것으로 끝났을 것이다. 하지만 둘은 2층 마루에서 계단으로 이어지는 곳에 서 있었다. 아직 술에 취해 있던 정상만은 허우적거리며 균형을 잡으려 했지만 몸이 계단 쪽으로 꺾였고 그만 추락했다. 계단을 구른 게 아니라 난간 너머로 그대로 떨어져 계단 맨 아래 칸에 머리를 박았던 것이다. 그의 몸은 물구나무선 인형처럼 머리를 축으로 삼아 엉성하게 회전하다가 바닥에 툭 쓰러졌다.

절대로 해서는 안 되는 말의 대가를 치른 것이다.

2.

여기서부터 장르가 바뀐다. 앞은 논픽션이었다. 나는 지금
까지 삼촌으로부터 들은 이야기를 될 수 있는 한 정확하게
기록했다. 삼촌의 기억이 백 퍼센트 완벽하다고 할 수는 없고
나 역시 실수가 없다고는 할 수 없겠지만 (요샌 한국이 잘 기억
나지 않는다) 이 정도면 자격은 충분하다.

하지만 이다음부터는 어느 정도 융통성을 발휘할 수밖에
없다. 주인공이 바뀌는데 그는 삼촌처럼 내가 직접 이야기를
전해 들을 수 있는 사람이 아니다. 그러니 주워들은 이야기에
상상력을 더해 소설처럼 꾸려갈 수밖에 없다. 실화 소설이 되
는 것이다.

이 '소설'의 주인공은 방암식이다. 그는 정상만의 시체가
정상만이 살던 지하실에서 발견되었을 때 현장에 출동한 형
사 중 한 명이었다.

평판이 그리 좋은 사람은 아니다. 2015년 12월에 그는 강
도 사건의 피해자였던 패션모델에게 치근거린 게 들통이 나

경찰을 그만두었다. 패션모델과 모 보이그룹 멤버의 열애설을 추적하던 디스패치 기자가 현장을 모두 찍어서 빠져나갈 구석도 없었다. 소문에 따르면 지금은 사건 브로커 일을 하고 있다고 하는데 나는 그게 뭐 하는 직업인지 모른다.

나는 그가 로맨티시스트라고 상상한다. 그가 패션모델에게 치근거린 걸 변호하는 말이 아니다. 로맨티시스트는 허구의 틀을 통해 세상과 자신을 보는 사람을 말한다. 그가 패션모델에게 한 짓은 기분 나쁜 스토킹이었지만 그는 분명 그 관계를 다른 틀에 넣어 보고 있었을 것이다. 하긴 대부분의 스토커들이 그렇겠지.

정상만 사건을 수사하고 있었을 때도 그는 로맨티시스트였다. 그 사건 때만 그랬던 게 아니라 언제나 조금씩 그랬을 것이다. 현실 세계에서 그는 지루하기 짝이 없는 대한민국 공무원이었지만 늘 그 이상을 꿈꾸었다. 영웅이 되는 것, 명탐정이 되는 것, 불가능한 사건을 해결하는 것. 물론 그도 그게 유치한 백일몽이라는 걸 알아서 다른 사람들에게 대놓고 이야기하지는 않았다. 하지만 틈틈이 옛날 추리소설을 읽었고 컴퓨터 하드디스크 안에는 〈형사 콜롬보〉 에피소드가 잔뜩 깔려 있었다. CSI 시리즈도, 〈크리미널 마인드〉도 아닌 〈형사 콜롬보〉다. 여기에서 그의 판타지 취향이 드러난다. 화려한 유명인사 범인 주변을 얼쩡거리다가 결정적인 한 방을 먹이는 초라한 형사.

정상만 사건은 겉보기엔 시시해 보였다. 동네 시장 건물의 지하실을 빌려 살던 남자가 2015년 8월 8일 시체로 발견되었다. 시체를 발견한 사람은 그의 친구라고 주장한 이가산이라는 남자였다. 알고 봤더니 그는 죽은 정상만과 퀀텀 에너지 제너레이터라는 말도 안 되는 발명품을 갖고 뭔가 수상쩍은 일을 꾸미고 있었다. 그는 며칠째 전화 연락이 안 되어 지하실로 직접 찾아갔다가 창문을 통해 방이 엉망이 된 걸 확인하고 경찰에 신고했다고 주장했다.

출동한 경찰은 집주인으로부터 열쇠를 빌렸지만 그것만으로는 문을 열 수 없었다. 결국 안에 걸려 있는 자물쇠와 체인을 잘라내야 했다.

문 밑으로는 바로 계단이었고 계단 밑 오른쪽에는 또 문이 있었다. 그 문은 열려 있었고 정상만의 시체는 열린 문 중간에 걸쳐져 있었다. 머리 위로는 철제 진열장이 쓰러져 있었고 주변엔 진열장 위에 놓여 있었던 일명 퀀텀 에너지 제너레이터의 부품들이 굴러다녔다. 편리하게도 그중 하나가 얼굴에 떨어져 삼촌이 정상만의 얼굴을 때릴 때 낸 반지 자국을 감추어주었다. 육안 검시를 한 검시의는 두개골과 경추가 심하

24

게 골절되어 금방 죽었을 거라고 했다.

성호 삼촌은 비교적 일찍 등장했다. 시체가 발견되자 인천에 사는 정상만의 어머니에게 연락이 갔고 곧 우리 집 사람들 모두가 알게 되었다. 정상만의 아버지는 중풍을 앓고 있었고 고모네는 소송 문제로 호주를 떠날 수 없었으며 주변에 다른 친척도 없었기 때문에 일 처리는 마침 시간이 남은 삼촌 몫이 되었다. 정상만 어머니를 데리러 경찰서를 찾아온 삼촌은 그 즉시 정상만이 8월 5일 밤에 술에 취한 채 집을 찾아왔고 자기가 집까지 데려다주었다고 진술했다. 집에서 나온 게 10시 무렵. 두 집 사이는 차로 이십여 분 거리. 지하실 한가운데에 있는 매트리스에 친구를 눕혀주고 나와 차에 다시 들어갔을 때가 10시 50분 정도.

그림이 그려졌다. 성호 삼촌은 문손잡이에 원래 달린 자물쇠 하나만 잠그고 나왔는데 지금은 밑에 따로 단 자물쇠 두 개도 모두 잠긴 상태였다. 그렇다면 정상만은 중간에 잠에서 깨어나 계단으로 올라가 두 개를 마저 잠그고 내려오는 동안 발을 헛디뎌 넘어졌고 그 와중에 원래부터 아슬아슬하게 서 있던 진열장을 잡았는데 그게 얼굴로 떨어진 것이다. 어이없지만 충분히 있을 법한 사고다.

다들 이 설명에 만족했다. 보다 정확히 말하면 그들은 정상만에 대해 별로 신경 쓰고 싶지 않았다. 그는 쓸모없고 불편한 존재였다. 모두 그의 시체를 화장하고 서류를 정리한 뒤 잊어버리고 싶었다. 삼촌을 의심하는 사람도 없었다. 경찰은 정상만 어머니를 대하는 삼촌의 정성 어린 태도에 좋은 인상을 받았다. 그도 그럴 것이, 삼촌은 당시 진심이었던 것이다.

그때 방암식이 뭔가 잘못됐다는 걸 발견했다.

신발이 보이지 않았던 것이다.

난장판인 바닥 여기저기에 신발들이 굴러다니기는 했다. 하지만 그가 발견한 정장용 옥스포드 구두나 아무리 봐도 겨울용인 나이키 운동화는 정상만이 8월의 습한 여름날 고약한 발 냄새를 풍기며 신고 다녔을 법한 신발이 아니었다. 방암식은 신발들을 모아 냄새를 맡아보았다. 그 어느 것도 아니었다.

정상만의 신발을 가져오지 않은 건 삼촌이 저지른 가장 큰 실수였다. 시체를 지하실에 버리고 집으로 돌아왔을 때 현관에서 자기를 기다리고 있는 주인 없는 회색 리복 운동화를 발견하고 얼마나 놀랐는지 모른다. 삼촌은 다음 날 CF를 찍으러 춘천으로 가는 동안 들른 휴게소 화장실에 운동화를 버렸다.

경찰이 운동화를 찾을 가능성은 거의 없었다. 하지만 이 실

수 덕택에 방암식은 삼촌을 의심하기 시작했다. 누군가가 사고로 죽은 방에 죽은 사람의 신발이 없다면 시체는 다른 곳에서 옮겨졌다는 뜻이다. 이 경우 시체를 옮긴 사람은 누굴까? 바로 그날 고인을 차에 태워 데려왔다고 진술한 서울대 출신 배우다.

방암식의 가설은 시작부터 암초를 만났다. 문에 걸려 있던 자물쇠 두 개가 문제였다. 문손잡이의 자물쇠는 단추를 눌러 안에서 잠그고 밖으로 나갈 수 있다. 하지만 퀀텀 에너지 제너레이터의 소중한 비밀을 지키기 위해 밑에 따로 단 자물쇠 두 개는 그게 안 된다. 잠그는 사람이 안에 있어야 한다. 추리소설을 보면 실 같은 것을 이용해 문밖에서 빗장 자물쇠를 잠그는 방법이 나온다. 위에 있는 빗장 자물쇠는 그렇게 닫았을지도 모른다. 하지만 바로 밑의 걸고리에 달린 번호키 통자물쇠는 어떻게 설명하지?

창문으로 나간 걸까? 하지만 천장에 바짝 붙어 있는 작은 창문 두 개는 방범창, 방충창, 환풍기로 막혀 있었다. 어떻게든 창문을 열어보려던 방암식은 곧 포기하고 이번엔 계단 반대편에 있는 화장실로 들어갔다. 좌변기 위에 작은 창문이 있었는데, 열어보니 방범창은 접이식이었고 방충창은 여닫이식이었으며 모두 잠겨 있지 않았다. 여기로 나갔나? 방암식은 곧 실망했다. 그 창문은 너무 작아서 머리만 간신히 빠질 정도였다. 대각선으로 재어보니 36센티미터를 간신히 넘었다. 삼촌은 척 봐도 어깨너비가 50센티미터는 되었다. 삼촌이 이 창문으로 빠져나가는 것은 기하학적으로 불가능했다.

하지만 방암식은 화장실 창문을 포기할 수 없었다. 그나마 지하실로 연결된 가장 넓은 입구였던 것이다. 그는 바깥으로 나가 엎드려서 창문으로 안을 들여다보았다. 열린 화장실 문을 통해 계단으로 올라가는 문이 보였고 오른쪽에 작은 창문들이 보였다.

줄 같은 것으로 무언가 할 수 있지 않을까? 정상만의 얼굴 위로 넘어진 진열장 같은 건 밖에서 줄로 잡아당겨 넘어뜨릴 수 있을 것 같았다. 하지만 빗장 자물쇠를 잠그려면 뭔가 다른 방법이 필요하다. 열린 문 옆에 도르래 같은 것을 접착제 같은 것으로 붙여놓고 그걸 이용해 낚싯줄 같은 것으로 빗장 자물쇠를 잠글 수 있지 않을까? 도르래도 낚싯줄에 묶어놨다가 작업이 끝나면 떼어내어 회수하는 것이다. 아, 통자물쇠를 잊고 있었군.

기계를 쓴 게 아닐까? 안에서 타이머로 작동하는 자물쇠를 잠그는 장치 두 개를 설치하고 일이 끝나면 연결된 끈으로 창문을 통해 끄집어내는 것이다. 하지만 그것도 믿음이 안 갔다. 그런 기계로 통자물쇠도 잠글 수 있을까? 그리고 그 서울대 배우의 전공은 기계공학과 거리가 멀었다. 뭔가 다른 방법이었을 거다. 그가 지하실 안에 머물렀던 이십여 분 동안 해치울 수 있었던 무언가.

아무리 화장실 창문을 통해 안을 들여다봐도 답이 안 나오자 그는 이번엔 동기에 대해 생각했다. 왜 잘나가는 연예인이 아무짝에도 쓸모없는 룸펜을 죽였을까? 다들 둘이 어린 시절 단짝이라고 했다. 서울대 배우는 술담배도 안 하고 여자관계도 없는 깨끗한 모범생으로 유명했다. 남자가 너무 깨끗하면 수상쩍다. 어린 시절 친구는 다른 사람이 모르는 무언가를 알고 있는지도 모른다. 곧 준재벌 집안의 사위가 되는 남자를 협박할 수 있는 무언가.

그는 범행 현장을 방문해보기로 마음먹었다.

방암식이 도착했을 때 삼촌은 휴대전화로 곧 출연할 한중 합작영화의 중국인 감독과 함께 영화 이야기를 하고 있었다. 중국에서 드라마 두 편을 연속으로 찍는 동안 중국어 실력이 많이 좋아진 삼촌은 영어 반, 중국어 반을 섞어가며 통화를 했는데, 그 때문에 의도치 않게 주말 연속극 엄친아 실장처럼 보였다. 한마디로 재수가 없었다.

통화가 끝나자 방암식은 진술을 확인하기 위해 집에 설치

된 CCTV 영상으로 정상만이 오고 간 시간을 확인할 수 있 겠느냐고 물었다. 정당한 요구였지만 삼촌은 그 요구를 받아 줄 수 없었다. 삼촌네 집 이곳저곳에 달려 있는 CCTV 카메 라는 옛날에 할아버지가 붙여놓은 플라스틱 모형이었다.

방암식은 어떻게 돈 잘 버는 연예인 집에 CCTV가 없느냐 고 물었는데 그건 참 쓸데없는 질문이었다. 원래 삼촌네 집엔 가치 있는 물건 따위는 없었다. 얼마 전에 사망한 브라운관 텔레비전을 대체한 벽걸이 텔레비전을 제외하면 모두 할아 버지와 할머니가 쓰던 가구 그대로였다. 언제 밑천이 닳을지 모른다고 생각한 삼촌은 데뷔 이후 정말 미친 것처럼 일했고 용하게도 실장님과 팀장님 역할이 꾸준히 들어왔다. 비싼 물 건을 살 여유는커녕 집에 들어올 시간도 없었다. 특히 중국 드라마 출연 기간이 끼어 있던 일이 년 동안 그 집을 가장 많 이 쓴 건 삼촌이 아니라 우리 집 사람들이었다. 엄마는 청소 하러 꾸준히 들렀고 나와 언니는 죄의식 없이 에어컨을 펑펑 틀 수 있는 삼촌네 집을 공부방처럼 썼다. 이곳은 집보다는 근처 친척들이 현관 비번을 공유하는 별장 같은 곳이었고 삼 촌은 결혼하면 보다 연예인스럽고 호사스러운 아파트로 이 사할 예정이었다.

이 자명한 설명에도 불구하고 방암식은 삼촌을 믿지 않았다. CCTV가 없다는 건 계획범죄를 의미했다. 정상만에 대해 이것저것 쓸데없는 질문을 하면서 그는 집을 둘러보았다. 그가 추락해 죽을 만한 곳이 한 군데 있었다. 계단 바로 옆의 난간이 있는 자리. 의외로 높아서 거기서 떨어지면 4미터 이상 자유낙하할 게 뻔했다. 정상만은 165센티미터의 작은 키에 술배만 나온 말라깽이였다. 적당히 이 자리로 유인해서 슬쩍 미는 것으로 살인을 저지를 수 있었다. 그는 삼촌이 왜 여기서 그를 죽이고 지하실로 옮겼는지 알 수 있을 것 같았다. 이집은 정상만이 사는 지하실의 계단보다 훨씬 좋은 흉기였다.

하지만 이를 어떻게 증명하는가? 동료들은 그의 신발 가설을 믿지 않았다. 죽은 사람의 신발 냄새가 어느 정도인지 그가 어떻게 아는가. 그는 어떻게 삼촌이 자물쇠가 두 개나 안에서 걸린 밀실에서 빠져나올 수 있었는지 설명할 수도 없었다. 그리고 추리소설에 뇌가 감염되지 않은 동료들에게 밀실은 살인이 아닌 사고의 증거였다. 근처의 모든 CCTV 파일을 확보했지만 지하실이 있는 건물 주변은 카메라에 잡히지 않았다. 입증할 수 있는 것은 삼촌의 차가 정상만네 집으로 가는 동안엔 조수석에 누가 앉아 있었고 돌아올 땐 비어 있었다는 것뿐이었다.

방암식이 최대한 피터 포크에 가까운 표정을 짓고 콜롬보스러운 대사를 치려는데 현관문이 열리는 소리가 났다. 엄마랑 아빠는 구청에 있었고 나는 학원에 있었고 언니는 지난달부터 교회 캠프에 있었으니 현관 자물쇠 비번을 알고 있는 다른 누군가였다.

앞에서 말한 적 없는 것 같은데, 방암식은 삼촌이 연기하는 걸 한 번도 본 적이 없었다. 그동안 삼촌이 찍은 실장님 드라마는 그의 취향이 아니었다. 그에게 삼촌은 면도기 광고 모델 이상도 이하도 아니었다. 서울대를 졸업한 면도기 광고 모델.

하지만 그는 채수린의 작품을 본 적 있었다. 류승범이 살인 누명을 쓰고 쫓기는 스릴러 영화에서 여자친구로 나왔던 것이다. 지금까지 나온 채수린 영화 중 가장 시시했지만 그래도 아직까지는 유일한 메이저 영화라 대부분 사람들은 그 영화로 채수린을 기억했다. 그리고 그 영화에서 채수린은 어울리지 않게 '청순가련'했다. 이 영화를 보고 반해서 다른 주연작을 찾아봤다가 다리만 길고 외계인같이 생긴 여자가 껑충껑충 미쳐 날뛰는 걸 보고 기겁한 사람들도 꽤 되었다.

당시 채수린은 매우 한국 드라마스럽지만 너무 장황하고 지루해서 진짜 드라마는 다루지 못할 상황에 빠져 있었는데 그건 삼촌과의 위장 연애와도 관련되어 있었다. 채수린은 이번 사고가 둘의 계획에 어떤 영향을 끼칠지 알고 싶어 공범자를 찾아온 것이었다. 당연히 머릿속은 고민으로 가득 차 있었고 그 결과 그녀의 얼굴은 의도치 않게 무척이나 '청순가련'스러웠다.

채수린을 본 순간 방암식은 잠시 정신이 나가는 것 같았다. 세상에서 가장 예쁜 여자가 세상에서 가장 예쁜 표정을 짓고 그를 바라보고 있었다. 그는 그녀가 자기 발 냄새를 맡을까 봐 허겁지겁 두 걸음 뒤로 물러났다. 채수린은 삼촌에게 다가 갔고 삼촌은 애인 사이라는 걸 보여주기 위해 헬스클럽에서 공들여 다듬은 근육질의 단단한 팔로 그녀의 허리를 감았다.

방암식은 삼촌에 대한 증오로 빨갛게 불타올랐다.

그는 다시 지하실로 돌아갔다. 모든 창문을 확인했고 그가 상상 속에서 보았던 끈과 실이 남겼을 흔적을 찾았다. 허사였다. 그 덩치가 도대체 어떻게 빠져나간 거지? 문 자체를 뜯었다가 끼운 게 아닐까? 그랬다면 흔적이 남아 시선을 끌었을 것이다. 하수도를 이용했을 가능성은 있을까? 어림없었다. 굴러다니는 기계 부품들을 뒤져 자동 자물쇠 잠그기 역할을 해줄 만한 것을 찾았지만 허사였다. 자물쇠를 잠그기는커녕 옆에 달린 LED 등을 켜는 것도 힘들어 보였다. 퀀텀 에너지 제너레이터 좋아하시네.

다음 표적은 정상만이 남긴 노트북 컴퓨터였다. 그는 그 안에서 삼촌을 모델로 한 홍보물을 발견했다. 잠시 삼촌이 이 모든 퀀텀 에너지 제너레이터 음모를 꾸민 주범이 아닐까 생각했다. 하지만 고졸인 그가 봐도 바보 멍청이 짓이란 게 뻔한 일에 서울대 출신 인기 배우가 얼굴을 팔아서 얻을 수 있는 게 뭐가 있을까? 반대로 삼촌이 이런 데에 자신을 이용하려 한 것 때문에 화가 나서 정상만을 죽였다면? 홍보 요구 + 대마초 과자 + 채수린 욕의 삼단 콤보 공격을 상상할 수 없었던 그는 이것만으론 약하다고 생각했다.

그것보다 그를 더 흥분시킨 건 조류 이름으로 된 세 개의 폴더였다. 남자 누드 사진과 게이 포르노로 빼곡하게 차 있었던 것이다.

'이 녀석, 호모였구나.'

방암식이 생각했다. 실제로는 더 거친 어휘를 썼겠지만 굳이 그걸 여기에 넣을 생각은 없다. 내 소설인걸.

그의 머리가 빠릿빠릿 돌아갔다. 삼촌이 지금까지 스캔들이 없었던 건 게이였기 때문이 아닐까? 둘이 애인 사이였다면? 그가 돈을 노리고 채수린과 결혼을 하려고 하자 정상만이 협박을 했던 게 아닐까? 그렇다면 자살일 수도 있다. 만약 정상만이 노린 게 삼촌을 폭로하는 것이었다면? 그렇다면 노트북에 더 상세한 정보를 남기지 않았을까? 혹시 삼촌이 그

걸 눈치채고 자기와 관련된 기록만 지웠다면? 화장실 창문으로는 사람이 빠져나갈 수 없지만 노트북 컴퓨터는 충분히 오갈 수 있다. 노트북은 매트리스 옆에서 발견되었다. 끈과 막대기를 쓴다면…….

우선순위가 바뀌었다. 이제 삼촌이 어떻게 빠져나왔는지는 하나도 중요하지 않았다. 정상만의 죽음이 살인인지 자살인지 사고인지도 중요하지 않았다. 중요한 건 어떻게든 삼촌이 진짜로 어떤 사람인지 채수린에게 알려 그들의 결혼을 막는 일이었다. 살인범이 풀려나는 건 어쩔 수 없는 일이지만 아무 죄도 없는 가련한 아가씨가 저런 인간과 엮이는 건 막아야 하지 않겠는가.

다음 날 벌어진 일은 12월에 벌어진 일의 예고편이나 다름 없었다. 그는 채수린이 연쇄살인범으로 나오는 영화를 찍고 있는 남양주 종합촬영소를 찾아갔다. 경찰 배지를 들이대고 무작정 안에 들어온 그는 코끝에 깜찍한 가짜 상처를 붙인 채수린이 피 묻은 라텍스 손을 들고 깔깔거리는 걸 구경했다.

그날 촬영분이 끝나고 채수린이 사복으로 갈아입고 나오자 방암식은 할 이야기가 있다며 그녀를 가로막았다. 그녀의 밴 안으로 따라 들어간 그는 자기가 알고 있고 알고 있다고 생각하는 모든 걸 그녀에게 들려주었다. 증거는 없지만 정상만이 살해당했을지도 모른다는 것. 증거는 없지만 삼촌이 살인범일지도 모른다는 것. 역시 증거는 없지만 삼촌이 게이일지도 모른다는 것. 그러니 제발 결혼하는 걸 다시 생각해봐요.

세상이 생각하는 것처럼 두 사람이 정말 열애 중이었다면 이 충고는 먹혔을 수도 있다. 하지만 둘은 그런 사이가 아니었다. 채수린은 다른 건 몰라도 다음 사실은 알았다. 삼촌이 이성애자건, 양성애자건, 동성애자건, 고자이건, 그건 그들의 '결혼'과 아무 상관이 없다는 것. 삼촌이 만약 진짜 살인을 저질렀다고 해도 그건 방암식이 생각하는 동기와 아무 상관이 없다는 것. 그리고 지금 삼촌이 빠진다면 몇 개월 동안 짜왔던 계획이 물거품이 된다는 것.

채수린은 방암식에게 당장 내리라고 말했다.

그의 수사도 거기서 끝이 났다.

남은 이야기가 별로 없다. 정상만의 죽음은 사고사로 결론이 났다. 방암식은 제대로 부검을 해보자고 주장했지만 가족들의 반발만 샀고 시체는 화장되었다. 고양식품 관계자들과 채수린 소속사로부터 항의가 들어와 그는 상사로부터 엄청 구박을 받았고 이는 패션모델 사건 때 불리한 증거가 된다. 이 정도면 찌라시에 루머가 돌 법도 한데 장례식장에서 찍힌 파파라치 사진 몇 장이 인터넷에 떴을 뿐, 삼촌이 잠시나마 살인 혐의를 받았다는 사실은 관련자 극소수를 제외하면 아무도 몰랐다. 삼촌은 중국 촬영에서 돌아오자마자 채수린과 결혼했고 유럽으로 신혼여행을 떠났다. 어차피 소설이니, 연예 뉴스에서 이 소식을 접한 방암식이 엉엉 우는 장면도 넣을까 생각했는데, 이건 내가 생각해도 너무 심한 것 같다. 하지만 그가 한동안 정상만 사건에 대한 미련을 버리지 못하고 만나는 사람마다 추리 퀴즈를 냈던 건 사실이다.

"사람이 지하실 안에서 죽었어. 한쪽은 계단이고 반대쪽은 화장실이야. 지하실엔 창문 두 개가 있는데 방범창에 막혀 못 나가고 화장실에도 창문이 있긴 하지만 사람이 나가기엔 너무 작아. 그런데 계단 위에 있는 문은 안에서 자물쇠 두 개로 잠겼거든? 살인범은 어떻게 나갔을까?"

퀴즈를 낸 뒤에 그는 늘 잊었다는 듯 이렇게 덧붙이곤 했다고 한다.

"아, 그리고 용의자는 서울대 출신이야. 아주 수재야, 수재."

3.

내가 방암식을 너무 박하게 묘사하지 않았길 바란다. 호모포브이고 연예인 스토커였지만, 그는 수사관으로서 옳은 길을 갔다. 정상만은 진짜로 살해당했고 시체는 삼촌의 집에서 정상만의 지하실로 옮겨졌다. 밀실은 조작이었다. 그가 삼촌이 범인이라는 고정관념에 지나치게 집착하지 않았다면 사건의 진상을 맞혔을 수도 있다. 그리 복잡한 사건도 아니었으니까. 이 글을 읽고 있는 여러분도 이미 "빨리 내 정답을 봐달란 말이야!"라고 외치고 있을지 모른다.

왜 그는 정상만이 떨어졌을 때 삼촌 혼자만 집에 있었다고 생각한 것일까? 왜 그는 집에 있던 두 번째 사람이 뛰어나와 병원에 연락하려는 삼촌을 막았을 수도 있다는 걸 생각하지 못했던 걸까? 왜 그 사람이 삼촌 차 뒷좌석에 숨어 지하실까지 따라갔을 거라 생각하지 못했던 걸까? 거기까지만 생각이 닿았다면 모든 게 일사천리로 풀렸을 텐데. 두 번째 사람이 삼촌 집이 있는 골목으로 걸어가는 걸 잡은 CCTV 영상도 하나 이상 있었을 테니 삼촌과 정상만에만 집착하지 않고 자세히 봤다면 확인할 수 있었을 텐데.

그게 누구냐고? 뻔하지 않나. 그 시간에 삼촌네 집에 있을 수 있었던 사람, 삼촌에겐 없는 결단력과 임기응변 능력이 있었던 사람, 삼촌을 조종하는 데에 익숙했던 사람, 그깟 일 때문에 삼촌이 채수린과의 결혼을 포기하는 걸 용서할 수 없었던 사람, 추락한 뒤에도 계속 꿈틀거리고 신음하던 정상만의 목을 마저 꺾어 끝장낼 수 있었던 사람, 이 일로 삼촌으로부터 조기 유학 지원을 받을 수 있었던 사람, 무엇보다 대각선 길이 36센티미터의 좁은 창을 가볍게 빠져나올 수 있었던 사람. 바로 나였다.

마지막 피 한 방울까지

1.

　정안기는 왕년에 미남 소리를 꽤 들었던 남자였어. 요새 사람들 취향은 아니지. 네모나고 짤막하고 느끼하고 부리부리하고. 그래도 자기 외모에 자신감이 상당했고 유지하는 데에도 공을 많이 들였어. 꾸준히 운동을 했고 옷차림과 피부 관리에도 신경을 썼지. 그런다고 나오는 똥배와 주름살을 막을 수는 없었지만 그 나이 또래 남자치고는 여전히 괜찮아 보였고 여자들도 많이 따랐어. 주제넘게 새파랗게 젊은 여자들에게 수작을 걸다가 망신당하는 일이 끊어진 건 아니었지만 그거야 어쩔 수 있나.

　평생을 큰 고민 없이 수월하게 산 사람이었어. 군대를 다녀온 뒤 아버지 공장에 취직했지만 이 년도 되지 않아 관두었지. 비슷비슷한 친구들과 어울려 돌아다니며 사업을 한다고 설쳤지만 제대로 한 일은 없었어. 그러다가 아는 친척 형이 갖고 있는 인천 나이트클럽을 맡았는데 그건 꽤 오래갔어. 하지만 쓰는 돈이 버는 돈을 초과하기 일쑤였고 여자 문제 때문에 자주 곤경에 빠졌지.

쉰아홉 번째 생일에, 이틀 전까지만 해도 정정하던 정안기의 아버지가 아흔두 살의 나이로 급사하자 일을 안 해도 먹고살 만한 재산이 들어왔어. 그 즉시 은퇴했고 신도림에 있는 아파트로 이사했지. 그리고 남은 시간을 '사교생활'에 투자했어.

그런 남자였어. 세상에 큰 도움이 되지는 않지만 대체로 무해한.

그런 남자의 벌거벗은 시체가 두 달 전까지만 해도 내 단골 중국집이었던 곳의 천장 샹들리에에 매달려 있었어.

시체의 상태는 끔찍했어. 왼쪽 눈이 있던 자리에는 검붉은 구멍이 뚫려 있었고 코는 잘려나가고 없었어. 턱은 뜯겨져나가 잘려나간 혀와 함께 바닥에 뒹굴고 있었고 손수건에 둘둘 말린 채 쇠꼬챙이에 꽂힌 잘려나간 성기가 목구멍에 박혀 있었지.

자기 성기에 질식해 죽었던 거야.

나는 뒤를 돌아다봤어. 무슨 조기 축구회 이름이 밑에 박혀 있는 전신 거울이 놓여 있었어. 정안기는 자기가 해체되어가는 과정을 죽는 동안 직접 보았을 거야.

시체의 얼굴은 억울해 보였어. 당연히 아프고 무서웠겠지만 무엇보다 억울했겠지. 자기가 그런 벌을 받아 마땅하다고 생각하는 사람이 몇이나 되겠어?

그때 네 생각이 났어.

정확히 말하면 세쿼이아 생각이 났지.

기억나? 우리가 대전 할아버지 집에서 같이 살았을 때 말이야. 우리 둘 다 초등학교, 그러니까 국민학교에 다녔을 때. 네가 2학년 때 같은 반 애한테 얻어맞고 돌아와 엉엉 울면서 이랬었잖아. "그 녀석을 세쿼이아 가지에 매달았으면 좋겠어!" 난 정말 그 말을 잊지 못하겠거든? 우선 세쿼이아라는 나무가 있다는 걸 그때 처음 들었어. 난 너 같은 책벌레가 아니었으니까. 그리고 난 그런 분노를 '세쿼이아 가지에 매단다'라는 비현실적인 상상으로 표출하는 게 신기하기 짝이 없었어. 그런 식으로 생각하는 사람들이 있는지 몰랐단 말이야.

아무래도 이 사건은 세쿼이아였어.

경찰 일을 좀 오래 했다고 해서 내가 너보다 세상 물정을 더 잘 안다고 말은 못 하겠어. 그렇게 잘났다면 지금 이 나라에서 장인 뒤치다꺼리나 해주면서 이러고 살지는 않겠지. 내 생각에 세상 물정을 충분히 안다고 자부할 수 있는 사람은 처음부터 존재하지 않는 거 같아. 다들 각자 자기 우물 속에서 사는 거야. 어떤 우물은 다른 우물보다 조금 크겠지만.

그래도 내가 어느 정도 알고 있다고, 내 우물 속에 있다고 자부할 수 있는 인간들이 있어. 폭력적인 남자들. 그 부류에 대해서는 잘 알지. 그리고 그런 부류는 내가 그때 보고 있던 것과 같은 시체는 안 만들어. 우선 상상력이 없고, 상상력이 있다고 해도 현실적이지. 녀석들에겐 폭력은 현실이니까. 그런 녀석들에게 불구대천의 원수가 있는데 중국집 천장에 사슬로 매달고 눈에 구멍을 내고 코를 자르고 턱을 뜯고 혀를 자르고 성기를 잘라 목구멍에 박겠느냐고 묻는다면 다들 어이없어할걸? 아니, 그 고생을 왜 해? 대부분 그냥 죽을 때까지 두들겨 팬 다음에 시체를 어디다 묻고 싹 잊어버리겠지.

난 정안기를 좀 알고 있었어. 경찰 일로 엮여서가 아니라 친구 가게의 새 건물주였거든. 두 번인가 만났고 한 번은 같이 밥을 먹었어. 귀찮을 정도로 사근거리는 구석이 있긴 했지만 사람 좋아 보였고 그뿐이었어. 어떻게 봐도 철거를 기다리는 남의 건물 지하실 안에서 그렇게 과한 방식으로 처형당할 사람은 아니었다고.

우리는 정안기가 죽기 전의 행적을 조사했어. 건물주가 시체를 발견한 건 8월 16일 아침 10시 반. 검시 결과를 보면 살인은 8월 13일 밤에서 새벽 사이에 벌어진 게 분명했어. 정안기는 친구가 많긴 했지만 독신이었고 그렇게까지 주변 사람들에게 필요한 사람은 아니었기 때문에 그동안 아무도 그 양반이 실종된 걸 몰랐던 거지. 8월 13일에 신도림 디큐브에 있는 일식집에서 정안기와 점심을 같이 먹은 보험설계사 아줌마 둘을 찾아냈는데, 둘 다 전혀 이상한 걸 못 느꼈다고 해. 그게 아는 사람이 본 정안기의 마지막 모습이었고 반나절 후 버려진 영등포 시장 근처 상가건물에서 그 꼴을 당했던 거지.

강도는 당연히 아니고. 평생 독신이었고 유산은 모두 훨씬 잘사는 형에게 돌아가니 돈 문제도 아니고. 아무래도 그나마 가능성이 높은 건 치정이지. 결국 알고 지냈다는 여자들을 하나하나 찾아다니며 동기를 찾아야 했는데, 앞에 만난 보험 아줌마들 말로는 나이가 든 뒤로는 철이 들어서 그런 일은 아닐 거래. 하지만 남의 사생활을 누가 다 알 수 있겠어. 다 직접 확인해봐야지.

그런데 갑자기 싱거울 정도로 쉽게 일이 풀려버렸어.

범인의 지문이 발견된 거야.

처음에는 어림없다고 생각했어. 누가 봐도 공들여 연출된 살인이었지. 살인자는 정안기를 처형하는 동안 피에 젖지 않게 완전무장을 하고 있었던 게 분명했어. 바닥에는 고무장화

자국이 나 있었고 화장실에서 발견된 메스, 회칼, 망치에는 수술용 장갑의 흔적이 남아 있었는데, 이건 당연히 현장에서 지문 따위를 기대하지 말라는 뜻이잖아.

그런데 지문이 나왔어. 어디서 나왔냐고? 앞에서 성기를 소시지처럼 꿰고 있던 쇠꼬챙이 이야기를 했지? 그 꼬챙이를 뽑아보니 범인의 오른손 엄지와 검지의 선명한 지문이 묻어 있었던 거야.

어이가 없더라고. 도대체 왜 그랬을까. 범행 과정을 상상해봤지만 거기에 지문이 묻을 이유를 상상할 수 없었어. 지문이 희생자의 말라붙은 피 위에 남아 있었기 때문에 더 그랬지. 왜 범인은 그 작업을 하는 동안 굳이 장갑을 벗었을까?

지문 주인 이름은 강정훈이었어. 만으로 예순한 살. 대구 출생. 1996년부터 인천 부평에서 삼촌한테서 물려받은 꽤 큰 철물점을 운영했고, 2009년에 가게 안에서 담배 피우지 말라는 편의점 직원을 술에 취한 상태에서 구타했다가 과실치상으로 삼 년 형을 받고 복역. 삼 년 꽉 채우고 2012년에 출소. 나온 지 한 달도 되지 않아 대구에 있는 사촌 형 집에 들어가 귀금속과 현금 이백만 원을 훔쳐 달아났고 지금까지 수배 중. 체포되기 전 주소를 확인해보니, 정안기의 이전 아파트에서 겨우 500미터 정도밖에 떨어져 있지 않았어. 그 정도면 동네 이웃이지. 아직 동기는 오리무중이었지만 이 정도면 그럴싸한 범인이었어.

슬슬 범인을 찾으러 나서려는데 갑자기 전화가 걸려 왔어. 부천 원미서의 차윤규 형사라는 사람이었는데 이러더라고.
"우린 같은 사람을 찾고 있는 거 같은데요."

2.

부천에서 살해당한 남자 이름은 김일창이었어. 나이는 만으로 쉰일곱 살. 외환위기 때 다니던 회사가 망한 뒤 자기 사업을 시작했다가 역시 망하고 이혼당하고. 흔한 이야기지. 그 이후로는 이런저런 별 볼 일 없는 직업을 거치다가 2011년부터 죽기 전까지 원미동에 있는 4층 건물 위의 옥탑방에 혼자 살았어.

시체가 발견되었을 때는 다들 그냥 고독사인 줄 알았다고 해. 몸도 안 좋은 실직자였으니까. 냄새가 난다는 신고를 받고 경찰이 안에서 잠긴 빗장을 자르고 들어가보니 방 한가운데에 시체가 덩그러니 놓여 있더라는 거야. 썩은 시체에서 나는 냄새와 바지와 바닥에 말라붙은 오줌 냄새가 장난이 아니었대. 2016년 여름이 좀 더웠나?

그런데 자세히 보니 뭔가 이상했어. 손목과 발목엔 수갑과 사슬 자국이 남아 있었고 입안에서는 섬유 조각이 나왔어. 누군가가 그 김일창이라는 사람을 결박하고 재갈을 채운 뒤에 사슬로 움직이지 못하게 묶었던 거야. 그리고 탈진으로 죽을 때까지 기다렸던 거지. 검시의 말로는 사흘 정도 걸렸을 거래. 8월 7일쯤에 죽은 것 같다고 하고. 신고가 들어온 건 14일.

그만큼이나 이상한 건 MP3 플레이어가 연결된 낡은 효도 카세트에서 나오는 음악이었어. 사람들이 신고한 것도 그 때문이었지. 김일창의 방에서 며칠째 같은 음악이 반복해 들렸는데, 그게 클래식이었던 거야. 베르디가 작곡한 레퀴엠 중 〈진노의 날〉. 이상해서 가보니 문이 잠겨 있고 인기척이 없고 문틈으로 지독한 냄새가 흘러나왔던 거지.

그런데 더 이상한 게 뭔지 알아? 그 방이 밀실이었어. 문은 하나뿐이었는데, 앞에서 말했지만 안에서 빗장이 잠겨 있었지. 창문은 모두 방범창으로 막혀 있었고. 그렇다면 범인은 과연 어떻게 나갔을까?

이 이야기를 하면서 차 형사는 피식피식 웃더라고. 마치 내가 이해하지 못하는 농담을 하고 있는 것처럼. 기분이 안 좋았어. 이러다간 알아맞혀보라고 퀴즈를 낼 것 같아서 중간에 선수를 쳤지.

"그래서 어떻게 나간 겁니까?"

차 형사는 맥 빠진다는 얼굴로 대답했어.

"창으로요. 창으로 나갔어요."

트릭은 방범창이었어. 나사들을 풀어 방범창 하나를 통째로 떼어냈던 거야. 그리고 나가서 밖에서 다시 나사를 고정하고 나사와 주변에 새로 페인트를 칠했지. 그 부분에 먼지를 묻히고 녹을 발라서 처음엔 눈치채지 못했대. 하지만 자살도 자연사도 아니라면 살인일 수밖에 없고 그렇다면 누군가가 방에서 나갈 수밖에 없잖아. 차 형사는 눈에 불을 켜고 주변을 뒤졌고 결국 새 페인트 자국을 찾았던 거지. 그리고 거기서 강정훈의 지문이 나왔고.

어이없잖아. 처음부터 그곳은 밀실로 만들 필요가 없었어. 누가 봐도 살인이었으니까. 하지만 범인은 들킬 위험을 무릅쓰고 일부러 밀실을 만들었어. 그리고 방범창을 다시 끼우고 칠하다가 오른손 검지 지문을 새 페인트에 남겼지. 이게 무슨 쓸데없는 짓이야?

범인이 남긴 흔적은 그게 전부가 아니었어. 같은 건물에 사는 사람들이 한밤중에 누군가가 계단을 오르내리는 걸 보고 들었대. 다들 죽은 김일창인 줄 알았다는데, 범인이었던 거지. 김일창을 결박한 뒤 매일 밤 그 집을 찾아가 죽어가는 걸 지켜봤던 거야. 효도 카세트에서 흘러나오는 베르디의 〈진노의 날〉을 들으면서.

차 형사는 밀실 트릭이 밝혀지기도 전에 용의자를 찍은 CCTV 영상을 입수했어. 한밤중이었고 낚시 모자를 쓴 데다가 국방색 바람막이 옷까지 입고 있어서 자세한 모습을 알아볼 수 없었는데, 김일창이 아닌 건 분명했어. 날짜도 그랬지만 김일창은 작고 말랐거든. 범인은 구부정했지만 꽤 키가 컸고 몸집도 있어 보였어. 강정훈은 178센티미터였고 덩치도 큰 편이었지. 강정훈 맞는 거 같았어.

나중에 우리 쪽 현장에서 CCTV 영상을 뒤졌는데, 같은 사람임이 분명한 누군가와 정안기가 살해 현장 근처로 걸어가는 게 잡혔어. 덩치 크고 낚시 모자 쓰고 바람막이 입고. 얼굴은 턱 부분만 간신히 보였는데 둥근 주걱턱을 보니 강정훈 맞았어. 정안기는 협박당하는 것 같지는 않았어. 반대로 둘은 꽤 사이가 좋아 보였어.

그런데 강정훈과 김일창의 관계는? 김일창은 2003년부터 2004년까지 산곡동에 살았대. 그 정도면 부평과 가깝지. 원미동도 부평에서 그렇게 멀다고 할 수 없지. 셋은 모두 이웃이었던 거야. 이 모든 건 이상하고 수상쩍고 헐겁지만 말이 됐어. 강정훈이 이 둘을 죽인 데엔 우리가 모르는 사정이 있었겠지. 우린 그냥 강정훈을 잡아들여 왜 그랬냐고 물어보면 되는 거야.

그런데 그 인간이 어디에 있냐고.

3.

강정훈의 가족은 둘뿐이었어. 아내인 임상숙은 2013년 1월에 심장병으로 죽었지. 딸 하나, 아들 하나가 있었는데, 겉보기만큼 정상적인 가족은 아니었어. 딸 강희선은 임상숙이 홀로 키우던 사생아였고, 아들 강우혁은 강정훈이 결혼 전에 알고 지내던 여자가 낳고 버리고 간 사생아였고. 강희선은 강우혁보다 두 살이 많았고 둘은 강희선이 만 다섯 살이었을 때부터 같이 살았지.

우리가 먼저 찾은 사람은 아들 강우혁이었어. 신림동에 있는 작은 아파트에 혼자 살고 있었어. 고등학교 졸업하고 곧장 입대했고 제대 후 경비회사에 일했는데, 한 달 전에 친구랑 사업 준비를 하려고 일을 그만두었다고 해. 플라스틱 모델 조립이 취미였는지, 책장 위에 건담 같은 것들이 여러 개 앉아 있었고 식탁 위에도 도색이 끝난 채 조립을 기다리고 있는 비행기 부품 조각들이 놓여 있었어.

아버지랑 많이 닮았더라고. 둘 다 덩치가 크고 못생긴 편이었어. 고우영의 《삼국지》 만화에 나오는 유비 기억해? 그 비슷해. 모두 축 처진 눈에 살짝 바깥 사팔뜨기였어. 둘 다 머리숱이 없었는데, 아버지가 엉성한 머리칼을 어떻게든 길게 남겨두려 했다면 아들은 머리를 완전히 밀어버렸더라. 대신 입 주변에 수염을 길렀지.

강우혁은 아버지의 행방 같은 건 모른다고 했어. 마지막으로 본 게 2012년 9월. 출옥한 바로 그날이었대. 세 가족은 집과 가게를 정리하고 근처 연립주택으로 이사했는데, 뻔뻔스럽게도 아버지가 찾아왔다는 거야. 아들은 아버지를 두들겨 패 내쫓았고 그 이후로 아버지를 본 적이 없었다는 거지.

이야기를 하는 동안 강우혁은 아버지에 대한 증오를 감추지 않았어. 정말 형편없는 아버지였고 남편이었대. 술에 취하면 더욱 심했고. 아버지를 패서 내쫓은 이야기를 하는 동안에도 전혀 동요가 없더군. 그 친구에겐 그게 세상에서 가장 당연한 일이었어.

죽은 사람들에 대해 아느냐고 물었는데, 강우혁은 다들 모른다고 했어. 아버지는 종종 술친구들을 집으로 데려왔지만 그 사람들이 누군지는 알 바 아니었고 얼굴도 기억나지 않는다고 했어. 아버지가 왜 그 사람들을 죽였는지에 대해서는 더 더욱 아는 바가 없다고 했고. 거짓말일 이유가 없었지.

다음에 우리가 찾은 사람은 강희선이었어. 당산동의 셰어하우스에 다른 여자 셋과 함께 살고 있었고 친구와 함께 집 근처에 있는 디저트 가게를 하고 있었어. 인터넷에서 검색해보니 맛집으로 꽤 유명한 곳이었어.

우린 당연히 가게에 갔지. 작지만 의외로 인테리어 디자인이나 가구가 고급스러웠어. 벽에는 케이블에서 맛집 프로그램을 하는 연예인 콤비 사진이 걸려 있었고. 우리를 맞아준 건 동글동글하고 사람 좋아 보이는 여자로 강희선과 같이 일한다는 친구였어. 가게에서 서비스한 커피를 마시면서 몇 분 기다리자 강희선이 나왔어.

당연한 일이지만 남매는 전혀 닮은 구석이 없었어. 강정훈과 강우혁이 대충 주물러 만든 것 같은 얼굴을 하고 있다면 강희선의 얼굴은 자로 잰 듯 정확하고 균형에 맞았어. 내 취향은 아니지만 많이들 미인이라고 생각했을 거야. 동생이 등이 조금 구부정했다면 누나는 꼿꼿하기 그지없었지. 의외로 체격이 단단하더라고. 꾸준히 운동하는 사람의 몸이었어. 그런 일을 하면서 몸 만들 여유가 있었나 궁금했던 게 기억나.

강희선의 대답도 비슷했어. 동생이 아버지를 두들겨 패 내쫓았다. 그 뒤로 아버지를 본 적도 없고 어디에서 뭐 하고 살

건 알 바 아니다. 살해당한 남자들이 누군지는 모르고 얼굴도 기억이 안 난다. 아버지의 다른 친구요? 제가 그런 걸 어떻게 아나요.

두 희생자의 주변 사람들을 탐문 수사했지만 결과는 마찬가지였어. 김일창을 기억하는 사람은 전혀 없었어. 정안기와 강정훈이 술친구였다는 걸 기억하는 사람을 몇 명 찾았지만 그게 전부. 왜 강정훈이 김일창과 정안기를 그렇게 복잡하고 이상한 방법으로 죽였는지, 지금 어디에 있는지 아는 사람은 단 한 명도 없었지.

이런 상황이니 당연히 처음으로 돌아가게 되지. 출소 이후 강정훈은 뭐 하고 지냈는가.

디지털 정보가 조금 남아 있긴 했어. 강정훈에겐 오백만 원 정도 들어 있는 통장과 현금카드가 있었어. 출소 이후 서울 여기저기에서 이십만 원씩 뽑아 갔더라고. 그러다가 대구 지점에서 칠천 얼마만 남겨놓고 현금 십칠만 원을 꺼내 갔는데 그게 사촌 집을 털기 하루 전이었던 거지. 2012년 10월 1일.

집은 비어 있었어. 사촌 형네 가족은 9월 29일에 제주도로 놀러 가 3일 날에야 돌아올 예정이었지. 그걸 미리 알고 왔는지, 그냥 돈을 꾸러 대구에 내려가봤는데 사람이 없어서 집을 털었는지는 알 수 없었어.

집에 돌아온 가족은 현관문이 활짝 열려 있고 집 안 가구 서랍이 마구 뽑혀 있고 방바닥과 복도에 흙 발자국이 나 있는 걸 보고 신고했어. 달려온 경찰은 현관 문손잡이와 서랍에서 지문을 채취했지.

그래. 또 지문이 나왔어.

사촌네 집은 단독주택이었고 CCTV가 없었어. 하지만 바로 옆에 있는 어린이집엔 CCTV가 있었지. 돌려보니 어린이집 쪽 담을 넘는 강정훈의 모습이 잡혔어. 적어도 사촌 형은 낚시 모자를 쓰고 국방색 바람막이를 입은 그 덩치 큰 남자가 강정훈이 확실하다고 했대.

그 뒤로 강정훈의 흔적은 뚝 끊겨버렸어. 들고 간 사파이어 반지와 금 코끼리도 다시 나타나지 않았고.

그러다 2016년 여름에 마치 타임 점프라도 한 것처럼 똑같은 옷차림을 하고 다시 나타나 옛 친구들을 죽이고 다니기 시작한 거야.

4.

원미서에 특별수사본부가 차려졌어. 범인이 인천 사람이고 살인 중 하나가 부천에서 일어났으니까 사건이 경기지방경찰청으로 넘어간 거지. 나도 그쪽으로 출퇴근하기 시작했고.

강정훈의 흔적은 두 건의 살인 이후 다시 뚝 끊겨버렸어. 목격자도 없었고 CCTV에도 안 잡히고 모텔이나 여관에서 신고도 안 들어오고. 한반도는 오지랖 넓은 인간들이 부글거리는 데다 사방이 막혀 있는 좁은 땅이고 강정훈도 어디서 먹고 자고 싸기는 해야 할 것 아냐. 근데 마술처럼 한번 사라지고는 나타나질 않는 거야.

우린 다음 희생자를 알아낼 수 있을까 해서 정안기와 김일창의 짐을 뒤졌지만 나오는 게 별로 없었어. 정안기는 서울로 이사 갈 때 웬만한 짐은 다 버린 모양이었고 김일창은 원래 갖고 있는 게 별로 없었지. 두 사람의 휴대전화는 모두 사라지고 없었고 사진 앨범이나 다이어리 따위도 없었어. 통화 내역도 특별할 게 없었고.

이러니 다시 강정훈의 자식들에게 갈 수밖에. 하지만 그 사람들도 집에 아버지와 관련된 건 하나도 갖고 있지 않았어. 강우혁은 책장 위에 가족사진을 하나 올려놓고 있었는데, 거기에서도 아버지는 칼로 잘라냈더라고. 아버지 친구 사진 같은 게 없는 건 당연했고. 강희선은 심지어 동생 사진도 갖고 있지 않았어. 휴대전화에 엄마 사진 몇 장이 들어 있는 게 전부. 아, 별 상관없는 이야기인데, 어머니가 정윤희 많이 닮은 미인이더라. 어쩌다가 강정훈 같은 인간을 만났는지 모르겠지만 그쪽도 사정이 있었겠지. 하긴 아무리 미인이라도 한국에서 서른 넘어 혼자 딸을 키우는 여자에게 선택의 여지가 얼마나 되었겠어.

그러다 단서를 잡은 게 차 형사였어. 강정훈에 대한 자료를 뒤지다가 문득 이런 생각이 들었던 거지. 강정훈은 어떻게 사촌 형네 집으로 들어갈 수 있었을까?

사건 당시엔 그게 중요한 일이 아니었어. 범인의 지문이 나왔고 CCTV에 담을 넘는 동영상이 찍혔으니까. 하지만 그건 보기만큼 간단한 게 아니었어. 현관문이 열려 있을 뿐, 창문도 깨지지 않았고 집 안 자물쇠도 건드린 흔적 없이 멀쩡했으니까. 그렇다면 강정훈은 현관 비밀번호를 알고 있었던 게 분명해. 하지만 어떻게? 사건 당시 그 집 비번은 바뀐 지 이년밖에 되지 않았고 그동안 강정훈은 감옥에 있었어.

누군가 비번을 알려주어야 했어. 비번을 알았기 때문에 범행 대상으로 사촌 형을 선택한 거고.

호기심이 당긴 차 형사는 대구로 내려가 사촌 형네 가족에게 물었지. "혹시 당시 집 비번을 알고 있는 사람이 가족 이외에 있었나요?"

있었어. 그것도 단 한 명.

그 사람 이름은 이영한이었어. 강정훈의 열다섯 살 아래 이종사촌 동생. 교통사고로 부모를 모두 잃고 잠시 강정훈의 철물점에서 일했었대. 그러다 강정훈의 소개로 대구에 내려가 사촌 형의 공장에서 일하다가 그 집 할아버지가 앓아눕고 죽을 때까지 노인네 뒷바라지를 했다고 해. 머리가 그리 좋은 편은 아니었지만 사람 좋고 일단 일을 시키면 꾸준히 잘하는 편이었다고.

"지금 그 사람 어디에 있나요?"

차 형사가 물었어.

"몰라요. 아버지 세상을 뜨시고 저번에 서울로 올라간 뒤로는 소식이 없네?"

다시 말해 2012년 가을부터 행방불명이란 소리였어.

다들 강정훈을 찾느라 인천과 서울을 뒤지는 동안, 차 형사와 나는 이영한의 과거를 캐기 시작했어. 그러다 보니 익숙한 시간대와 익숙한 지리에 익숙한 그림이 그려져. 이영한은 2001년부터 2003년까지 정안기가 운영하던 나이트클럽에서 일했어. 나이트클럽의 나이 든 직원 몇 명이 알아보더라고. 사람 좋고 일도 열심히 했는데 머리가 나쁘고 둔하고 눈치가 없었다고. 나이트클럽에서 나온 뒤 2005년까지 강정훈의 가게에서 일했고 그동안 강정훈네 집 2층 구석에 있는 식모 방에서 살았대. 그러니까 2003년에서 2004년까지 강정훈과 살해당한 두 남자, 이영한이 모두가 동네 이웃이었던 거야.

그렇다면 지금 이영한은 어디에 있을까? 우린 아주 단순하게 생각하기로 했지. 고향으로 내려갔어. 충남 당진. 블루베리 농장과 논밭 사이를 달리다 보니 반쯤 허물어진 한옥이 한 채가 나왔는데, 그게 이영한이 부모와 함께 살던 집이었어. 척 봐도 십 년 넘게 버려진 티가 났어. 마을 사람들에게 이영한에 대해 물어봤는데, 기억하는 사람도 별로 없었고 기억하는 사람들 중에서도 그가 지금 어디에 있는지 아는 사람은 없었어.

그냥 돌아갈까 생각했어. 헌데 삐걱거리는 대청마루에 앉아 담배를 피우고 있는데 뭔가 이상한 게 보이는 거야. 마당 구석에 있는 옥외 변소처럼 보이는 건물 문에서 뭔가 반짝거려. 궁금해서 가봤지. 자물쇠였어. 이 집에 있는 물건들 중 가장 새것이었지. 그리고 이 집에 어울리지 않게 신식이었어. 주변을 둘러보니 변소는 반대쪽 구석에 따로 있더군. 여긴 창고 같은 곳이었어. 문을 흔들어봤어. 틈 사이로 삽자루 같은 게 보이더라. 문을 서너 번 힘주어 미니까 걸쇠를 고정한 녹슨 못들이 뚝 부러져. 문이 열리자 멋쩍게 헛기침을 한 번 하고 그 안으로 들어갔지.

안은 그냥 연장 창고였어. 삽, 곡괭이, 망치, 손잡이 빠진 낫이 뒹구는. 실망해서 나오니 차 형사가 기다리고 있다가 안으로 들어가. 별거 없다고 말하려는데, 갑자기 이 양반이 고함을 지르네? 들어가보니 차 형사는 휴대전화 플래시 불빛으로 콘크리트 벽을 가리키고 있었어. 그리고 그 불빛이 닿는 곳에 검은 손자국들이 덕지덕지 나 있었지. 나 역시 휴대전화 플래시 기능을 켜고 주변을 둘러봤어. 그 손자국은 삽 손잡이와 곡괭이 자루에도 나 있었어.

우린 거의 동시에 플래시 불빛으로 바닥을 비추었어. 바닥엔 시멘트가 깔려 있었는데 아무리 봐도 십 년 이상 된 것 같지 않았어. 어느 부분은 너무 얇게 깔려서 한 번 밟으니 부서지더라고. 누군가가 삽과 곡괭이로 땅을 파서 무언가를 묻고 시멘트로 대충 덮은 거야. 사방에 자기 지문을 남기면서.

5.

국과수의 연락을 받은 건 9월 5일이었어. 당진에서 이영한의 시체를 파낸 게 9월 1일. 자그마치 네 개의 현장에서 같은 사람의 지문이 무더기로 쏟아져 나온 거야. 그중 세 개는 연쇄살인 현장에서 나왔다고. 누가 봐도 이건 뭔가 심각하게 잘

못된 거지. 그냥 실수가 아니야. 누가 어떻게 된 일인지 설명을 해주어야 했어. 적어도 우리가 모은 증거들이 증거이긴 한 건지 확인해주어야 했다고.

우리에게 결과를 설명해준 연구원은 아라레 안경을 쓴 명랑만화 주인공 같은 여자였어. 솔직히 난 그 사람이 우리에게 쏟아부은 전문용어들을 다 잊어버렸어. 하지만 한 가지는 분명했지.

그 지문은 가짜였어.

그 사람 말에 따르면 이래. 사람의 몸이란 게 부드럽지만 그렇게 약한 편은 아니야. 의외로 질기고 상처가 나도 웬만한 건 자기치료가 되지. 아주 심한 상처가 아니라면 자잘한 손상은 누적이 되지 않아. 하지만 지금까지 네 개의 현장에서 모은 지문은 손상이 아주 조금씩 누적되었던 거지. 그리고 그 손상은 인간의 몸에서 날 수 있는 종류가 아니었어. 사람의 손가락 끝에서 아무런 상처의 흔적 없이 지문의 일부만 0.7밀리 정도 떨어져나가는 일은 거의 없다고 봐야 하거든? 따로따로 볼 때는 몰랐지만 시간순으로 배치해보니 조금씩 낡아가는 티가 났던 거야.

그럼 그 지문은 어떻게 생긴 것이냐. 아라레 연구원에 따르면 일단 3차원의 물체가 남긴 거래. 도장 같은 것으로 낼 수 있는 지문이 아니라는 거지. 무언가 부드러운 재질, 아마도 실리콘으로 만든 3차원 모형이거나 장갑. 아무래도 전자의 가능성이 크다고 하더군. 만들기도 어렵지 않고. 옛날에야 셜록 홈스 추리소설에나 나올 법한 트릭이었지만 요샌 게으른 회사원들도 출퇴근 시간 조작하려고 써먹잖아.

지금까지 우린 출소 이후 아주 이상하게 행동하는 살인범을 찾으려고 전국을 돌아다녔어. 하지만 지문이 가짜라면 그 작자가 살인범일 가능성은 뚝 떨어져버리지. 오히려 첫 번째 피살자일 가능성이 더 커. 물론 자기 손을 틀로 이용해 뜬 가짜 지문을 일부러 박아 우리를 이중으로 혼란에 빠트릴 계획일 수도 있어. 하지만 전체적으로 봤을 때 이건 그냥 말이 안 된다고. 이건 강정훈의 짓이 아니야. 강정훈과 다르게 생각하고 다르게 움직이는 누군가의 짓이라고. 강정훈은 편의점 직원을 두들겨 패 불구로 만들 수는 있어도 자기 친구를 베르디 음악 속에서 말려 죽일 사람은 아니야.

하지만 그렇다면 CCTV에 찍힌 남자는? 사촌 형이 강정훈이 분명하다고 장담했던 그 남자는?

십 분의 일 초 정도 '귀신'이란 생각이 들어 오싹했다는 건 인정해. 하지만 진짜로 귀신일 리 없지. 그럼 그건 강정훈과 아주 닮은 누군가야. 강정훈처럼 덩치가 크고 강정훈처럼 구부정하고 강정훈처럼 둥근 주걱턱을 가진 누군가.

바로 최근에 그런 남자를 한 명 봤지.

강정훈의 아들 강우혁.

넌 아마 왜 지금에야 그 생각이 떠올랐냐며 한심해하고 있을 거야. 하지만 그건 내가 여기에 쓴 말들이 내가 보고 들은 것보다 훨씬 단순하고 명쾌하니까 그렇지. 네가 아버지와 정말 닮은 남자에 대해 읽는 동안 나는 아버지를 극도로 증오하고 그 증오심을 낯선 형사에게 아무런 거부감 없이 털어놓는 젊은 남자를 봤어. 변명을 조금만 더 하자면 그 친구는 상당히 효과적인 '변장'을 하고 있었어. 대머리와 수염은 유치할 정도로 단순했지만 충분했지. 굳이 다른 사람처럼 보일 필요는 없었어. 아버지와 충분히 다르게만 보일 정도면 됐어.

하지만 강우혁이 진짜로 범인일까? 과연 그 친구가 베르디의 음악 속에 사람을 말라 죽게 할 그런 범인일까? 그 친구는 자기 아버지처럼 단순해 보였어. 대학을 다닌 것도 아니고 특별히 머리를 쓰는 일을 하는 것도 아니지. 조립해놓은 건담을 보면 손재주는 있어 보였지만……

그때 무언가가 내 머리를 쳤어. 지금까지 두 번이나 그 친구 집을 갔었는데 놓쳤던 것. 눈앞에 뻔히 있는데도 내가 못보고 지나쳤던 것.

책장. 강우혁의 집은 책으로 가득 차 있었어. 책 앞에 놓인 건담 장난감과 가족사진에 정신이 팔려 바보같이 그 뒤에 있는 걸 깜빡했던 거야.

우린 강우혁의 아파트를 습격했어. 당연하지만 너무 늦었지. 집주인 대신 우리를 기다리고 있는 건 마침내 완성되어 식탁 위에 얌전히 앉아 있는 보잉 B-29 슈퍼포트리스의 플라스틱 모형이었어. 화분들이 몽땅 사라지고 냉장고가 텅 비어 있고 심지어 가전제품의 전선이 모두 뽑혀 있는 걸 보면 오래전부터 사라질 준비를 하고 있었나 봐.

차 형사가 욕을 퍼붓는 동안 나는 거실 책장으로 달려갔어. 난 추리소설이나 호러소설이 대부분일 거라고 생각했는데 아니었어. 그런 게 없었던 건 아니었지만 그게 전부는 아니었단 말이지. 정말 온갖 종류의 책들이 있었어. 내가 덩치만 큰 고졸 경비원이라고 가볍게 보았던 이 친구는 엄청난 독서가였던 거야.

그때 내가 보낸 메일 기억해? 그 책장 사진과 책 리스트 말이야. 그때 난 너에게 프로파일러 역할을 기대했던 것 같아. 단테의 《신곡》, 아서 매켄의 《위대한 신 판》, 수전 손택의 《타인의 고통》, 윌리엄 셰익스피어의 《타이터스 앤드로니커스》, 니콜라이 고골의 《뻬쩨르부르그 이야기》, 오정희의 《불의

강》, 크리스티나 로제티의 《도깨비 시장》, 서배스천 나이트의 《의혹에 찬 아스포델》, 스티븐 킹의 《돌로레스 클레이본》, 레프 톨스토이의 《참회록》, 올라프 스테이플던의 《별의 창조자》, 라인홀드 니버의 《도덕적 인간과 비도덕적 사회》, 에드몽 로스탕의 《시라노》, 기군상의 《조씨 고아》, 찰스 디킨스의 《두 도시 이야기》가 모여서 어떤 정신을 이루는지, 그 정신이 과연 한 그루의 세쿼이아를 심을 수 있는지, 같은 책벌레인 너에게 묻고 싶었어.

6.

자, 우린 다시 원점으로 돌아왔어. 교도소를 나올 때까지 강정훈은 살아 있었어. 그건 분명하지. 하지만 그 뒤로 얼마나 더 살아 있었을까? 현금카드가 여기저기 찍어놓은 발자국은 이제 아무 의미가 없어. 가장 그럴싸했던 가설은 강우혁이 거의 진실을 말했다는 것이지. 강우혁은 염치도 없이 자기네 집에 기어들어 온 아버지를 때려죽였다. 흠, 그렇다면 혼자 그랬을까? 아니면 누나도 거들었을까. 몇 달 뒤 심장병으로 죽은 계모는 그때 뭐 하고 있었을까? 지금 강정훈의 시체는 어디에 있을까?

물어볼 사람은 단 한 명밖에 없었어. 여전히 시계처럼 정시에 정확하게 가게에 출근해 좋은 재료를 잔뜩 쓴 맛있는 디저트를 만들고 정시에 퇴근하는 강희선.

쉬운 일은 아닐 거라고 생각했어. 하지만 생각보다 더 힘들더군.

당연히 강희선은 아버지에 대해 기존 입장을 고수했어. 동생이 아버지를 두들겨 패서 내쫓았다. 그 뒤로 아버지가 어떻게 되었는지 모르고 관심도 없다. 동생이 저질렀을지도 모르는 살인에 대해서도 덤덤했어. 강희선 말로는 둘이 원래 그렇게 친한 사이도 아니었고 어머니가 세상을 뜨고 따로 살기 시작한 뒤로는 한 번도 만난 적이 없었다는 거야. 그동안 동생이 무슨 일을 꾸미고 있었는지 전 모르겠네요.

"아, 그래요? 그렇다면 2003년과 2004년 사이에 동생에게 아무 일도 없었다는 겁니까?"

거짓말 탐지기를 썼다면 아마 거기서 거짓말임이 들통났을지도 몰라. 그때까지 물 흐르듯 거침없었던 사람이 한 십 분의 일 초 정도 멈칫했으니까. 하지만 돌 같은 표정은 그대로였고 대답도 예상대로였어. "그때 무슨 일이 있었는데요?"

어떻게 더 압박해보고 싶었는데, 강희선의 가게 동업자가 고용한 엄청 비싼 변호사가 우리 앞길을 막았어. 그냥 동글동글하고 사교성 좋은 얼굴마담이라고 생각했던 그 친구는 의외로 돈도 많고 연줄도 많은 집안 출신이었단 말이야. 그 가게가 있는 건물도 부모 것이었다나. 그렇게 좋은 재료를 팍팍 쓰면서 가게를 꾸려갈 수 있었던 것도, 젊은 여자 둘이 당산동 구석에 세운 디저트 가게가 그렇게 언론플레이를 할 수 있었던 것도 다 이유가 있었어. 둘이 어떻게 만나 동업자가 되었는지는 끝끝내 알아내지 못했지만 중요한 건 그게 아니지. 진짜로 중요한 건 막연히 강희선을 압박한다는 계획만으론 아무것도 할 수 없다는 것이었어. 우리가 직접 알아낼 수밖에.

강우혁이 강정훈을 죽였다는 가설을 입증하는 건 포기하기로 했어. 지금 와서 시체를 찾을 수 있을 것 같다는 생각도 안 들고. 살인과정 중 혈흔 같은 게 남았다고 해도 사건 현장이었을 연립주택은 오래전에 헐렸고. 그 소동을 엿들은 이웃이 있다고 해도 살인의 증거는 안 되고.

동생과의 관계 이야기는 사실인 것 같았어. 이건 좀 쉽게 알아낼 수 있었는데, 강희선과 같은 집을 나누어 쓰고 있는 여자들 중 한 명이 영등포서 여성청소년과 소속 경찰이었단 말이야. 물어보니, 지금까지 집에서 단 한 번도 동생 이야기를 한 적이 없었다나. 동생이 있는지도 몰랐대. 동업자 이외엔 친구를 본 적이 없다고 하고. 남자친구도 없는 것 같고. 그냥 가게와 체육관(내가 꾸준히 운동하는 사람이라고 말했지?), 집을 시계추처럼 오가는 사람이었어. 그건 적어도 뒤에 일어난 두 사건에 대해 거의 완벽한 알리바이를 갖고 있다는 말이기도 해.

2003년과 2004년 사이에 있었던 일? 그거야말로 텅 빈 가설이지. 찰칵 맞아떨어지는 것처럼 보이지만 단지 그뿐인. 그렇다고 버리기도 아까운. 심지어 우린 그 시기에 무슨 일이 일어났는지도 확신할 수 없었어. 이게 그때 일에 대한 복수라고 치자고. 하지만 뭔가 이상하지 않아? 지금까지 나온 세 명의 피살자 중 강우혁을 두려워한 사람은 한 명도 없었어. 다들 무방비한 상태에서 강우혁을 따라나섰거나 집으로 불러들였어. 그 친구에게 뭔가 잘못했다는 생각 자체가 들지 않았던 거야. 그들에게 강우혁은 패거리의 일원이었어.

가짜 증거를 뿌린 동기도 충분히 설명이 안 돼. 죽은 아버지에게 누명을 씌운다? 그럴 수도 있지. 하지만 이렇게 노골적인 가짜 지문들을 보고도 넘어갈 만큼 우리가 바보처럼 보였을까? 누가 봐도 이상한 베르디는 어떻게 된 거고? 이건 오히려 일종의 메시지가 아니었을까? 하지만 누구에게 보내는 무슨 내용의 메시지인 거지?

이야기를 한번 만들어보기로 할까. 일단 강우혁이 강정훈을 죽인 건 우발적인 사고였을 가능성이 커. 화가 나면 그럴 수도 있지. 그따위 인간 때문에 귀찮은 일에 얽히기 싫었던 강우혁은 시체를 은닉해. 그동안 누나의 도움을 받았을 수도 있고 안 받았을 수도 있지. 그러다가 실리콘 같은 재료로 시체의 손을 본따 죽은 아버지를 살려낸다는 계획을 세우지. 현금카드 알리바이도 있지만 좀 더 확실한 게 필요했겠지.

이영한을 죽인 건 우발적일 수도 있고 아닐 수도 있어. 일단 강우혁은 삼촌네 집에 들어가기 위해 이영한이 필요했을 거야. 증인이니 살려둘 생각이 없었을지도 모르고. 하지만 이영한을 죽인 방식은 나중 두 살인과 좀 달랐어. 죽을 때까지 망치로 머리통을 부쉈던 거지. 그러니까 내가 이해할 수 있는 종류의 살인이었어. 처음부터 죽일 생각이었다고 해도 그 살인 자체는 화가 잔뜩 난 사람이 주변에 있는 둔기를 집어 마구 휘두른 결과였어. 아, 증거를 남기는 방식도 서툴렀지. 벽에 가짜 지문을 남기긴 했지만 정작 시체와 함께 묻은 망치랑 금 코끼리엔 안 묻혔거든.

그 뒤로 강우혁은 무슨 생각을 하며 그 몇 년을 보냈던 걸까? 왜 다시 살인을 시작했던 걸까? 여기서 이야기는 다시 막히기 시작해.

어쩔 수 없이 주변 사람들에게 물어보며 다녔지. 대부분 같은 회사 사람들이었어. 사람이 순하고 말이 없고 술담배도 안 했대. 하지만 일단 화가 나면 걷잡을 수 없을 정도로 폭주할 때가 있어서 한두 번 사고를 쳤다고 해. 멍하니 있다가 갑자기 놀란 것처럼 꿈틀할 때가 있어서 사람들이 당황하기도 했대. 그래도 다들 말하더군. 사람은 좋았다고. 하지만 어울리지 않게 책을 많이 읽고 생각이 많았다고. 그런 사람은 이런 일에는 잘 안 맞았다고. 특히 소속이었던 분쟁경호팀 같은 곳은.

그런 친구가 사람을 넷이나 죽였어.

더 끔찍한 건 정안기가 마지막 목표라는 법도 없다는 거지.

다른 사람들이 강우혁을 찾으러 돌아다니는 동안 내가 2003년과 2004년 사이의 과거에 집착했던 것도 그 때문이었지. 잠재적인 표적이 있는지 알아내려면 일단 동기를 알아야 했어. 동기를 알려면 강정훈과 그 주변 사람들에 대해 알아내야 했고.

내가 단서를 찾은 건 9월 12일이었어. 난 그때 정안기의 형이란 사람의 집을 찾아 그 집에 있는 앨범들을 뒤지고 있었지. 요샌 다들 디지털 사진을 찍고 굳이 인화할 생각을 안 하니까 그 앨범 사진들은 모두 십 년 이상 된 것들이었어.

마지막 앨범을 다 끝내고 옆에 놓인 종이 상자에 들어 있는 자투리 사진들을 들여다보고 있는데 갑자기 익숙한 얼굴들이 빼곡하게 찬 사진이 한 장 나왔어. 구석에 찍힌 날짜는 2003년 12월 31일. 어딘가 등산로에서 찍은 것 같았어. 가운데에 있는 건 정안기와 강정훈. 그 양옆에 김일창과 이영한이 서 있었어. 그리고 김일창 옆에는 내가 아직 얼굴을 모르는 남자가 한 명 더 있었지. 키는 그들 중 가장 컸고. 머리는 반쯤 벗겨져 있었고. 피부는 거무튀튀했고.

평범한 사진이었어. 등산복 차림의 고만고만한 남자들이 모여 찍은 흔해빠진 사진. 내가 그동안 들었던 말들도 대부분 그랬어. 고만고만하고 진부한 사람들. 하지만 그들 중 한 명은 악질 가정폭력범이고 순전히 재수 없게 굴었다는 이유만으로 자기랑 아무 상관없는 사람을 두들겨 패 불구로 만들었어. 그렇다면 그 사람의 친구들은 얼마나 달랐을까? 그들도 그냥 고만고만하기만 했을까? 이영한은 정말 착하기만 한 명청이었을까? 김일창은 정말 그렇게 무력한 호구이기만 했을까? 정안기는 정말 귀찮은 바람둥이에 불과했을까?

정안기의 형은 그 사람에 대해 몰랐어. 그 양반에게 그 사진은 아무 의미가 없었어. 그냥 가족사진이 들어 있는 필름 통에 함께 들어 있다가 딸려 온 여러 사진 중 하나였지. 동생

얼굴이 있어서 버리지는 않았지만 굳이 앨범에 수록할 필요
는 없는 사진.

남자의 정체를 밝히기 위해 하루를 더 들였어. 나이트클럽
직원 하나가 얼굴을 알아보더군. 정안기의 친구였고 경찰이
었어. 이름은 몰랐지만 성은 기억하고 있었지. 이 경사라고.
조금 더 조사해보니 저녁에 이름이 나왔어. 이상신. 지금은
경찰이 아니었어. 2007년에 불법 성인오락실에서 뇌물 상납
받고 회식비 제공받았다는 이유로 쫓겨났지. 하지만 사진을
찍을 당시엔 버젓한 경찰이었단 말이야. 고만고만한 평범한
경찰. 하긴 들통나기 전엔 다들 고만고만하지.

지금 어디서 뭐 하냐고 물었지. 월미도에서 조개구이집을
한대.

다음 날 오후에 차 형사와 함께 그 가게를 찾았지. 없더라
고. 식당 일은 아내와 큰딸이 하고 있었고. 가게 셔터 열고 닫
는 일 이외엔 하는 게 없는 양반이었지. 죽치고 기다리고 있
으니 8시쯤에 친구들과 기어들어 오더라고. 벌써 꽤 술에 취
해 있었어.

제대로 된 심문을 할 수 있었던 건 그다음 날이었지. 이상
신은 자기 친구들이 죽었다는 걸 몰랐어. 신문도 안 보고 인
터넷도 잘 안 하고 텔레비전도 잘 안 본대. 녹내장 때문에 한

74

쪽 눈이 멀기 시작했고 다른 한쪽 눈도 주의해야 하기 때문이라나.

2003년과 2004년 사이의 일을 물어봤지. 처음엔 무덤덤했어. 그런데 서서히 머리를 굴리는 게 보여. 뭔 일이 있긴 있었던 거야. 살인의 동기가 될 수 있는 무언가. 자신을 명단에 올린 무언가. 십여 년의 세월 동안 아무런 죄책감 없이 묻어두었던 기억이 서서히 올라온 거야.

당연히 우린 그게 뭔지 들을 수 없었지.

7.

강우혁은 그 뒤로 몇 달 동안 실종상태였어. 어떻게 그렇게 흔적도 없이 사라질 수 있었는지 도저히 이해가 안 되었지. 자살했다고 생각하는 사람들도 있었지만 내 생각엔 아니었어. 마지막 표적을 남겨두고 그렇게 쉽게 포기할 리가 있나.

강희선은 여전히 가게와 체육관과 집을 오가면서 시계처럼 정확한 삶을 살고 있었어. 동생에게서는 연락 따윈 없었고. 셰어하우스의 우리 스파이 말로는 그 뒤로도 달라진 게 전혀 없었다고 해.

성과는 없고. 시간은 흐르고. 언론도 며칠 반짝하다가 곧

잠잠해졌고. 당시 시국이 좀 이상했나? 이 정도 사건 따위는 박근혜와 경쟁이 못 됐지. 계획대로라면 난 가을에 경찰 일 접고 베트남으로 내려가 있어야 했는데, 미해결 사건에 잡혀 이것도 저것도 못 하는 판이었어.

우린 계속 이상신을 감시하고 있었어. 12월이 될 때까지 별 일이 없었어. 이상신은 더 이상 술친구들도 안 만나고 가게 구석에 박혀 아무것도 안 하면서 텔레비전 소리를 들으며 벽 만 쳐다보고 있었지. 아내와 두 딸은 그런 그 인간을 한심하 기 짝이 없다는 표정으로 보고 있었고.

그러다 일이 터졌어.

12월 3일 오후였어. 토요일. 언제나처럼 이상신은 텔레비전 에서 나오는 뉴스를 건성으로 들으면서 식당 구석 자리에 앉 아 창밖을 바라보고 있었지. 형사 두 명이 길 건너에 주차된 차 안에서 가게 안을 감시하고 있었고.

그런데 갑자기 이 인간이 벼락이라도 맞은 것처럼 벌떡 일 어나 점퍼를 걸치고 야구 모자를 눌러쓰더니 가게 밖으로 나 와 걷기 시작한 거야. 당연히 형사 두 명도 차에서 나와 따라 붙었지.

느릿느릿 걸어 인천역에 도착한 이상신은 서울로 가는 1호 선 전철에 올랐어. 의자 구석에 앉아 꾸벅꾸벅 졸다가 전철이

종각역에 도착하자 덜컥 정신을 차리곤 일어나 밖으로 나갔지. 벌써 저녁이었고 광화문에서 종각 사이는 촛불집회를 하러 나온 사람들로 가득했지. 그리고 이상신은 세상에서 가장 당연한 것처럼 군중 속으로 사라져버렸어.

뒤늦게 그 소식을 들은 나는 월미도 식당으로 달려갔어. 주말 손님들이 몰려들어 식당은 북적거렸지. 난 정신없이 테이블 사이를 오가는 이상신의 아내에게 어떻게 된 거냐고 물었어. 남편분에게 전화가 왔었나요? 아니면 식당에 누가 찾아왔었나요? 어디로 가는지 말은 하고 나갔습니까? 아뇨, 아뇨, 아뇨. 전 아무것도 몰라요.

바쁜데 계속 물어보니 귀찮았겠지. 하지만 밖에는 남편의 목숨을 노리고 있는 살인마가 돌아다니고 있잖아. 이게 과연 그렇게 귀찮아만 할 일인가? 더 불편했던 건 중간에 학교인지, 학원인지에서 돌아와 우리 둘이 하는 말을 엿듣고 있던 교복 차림 둘째 딸 반응이었어. 포기하고 나가다가 얼핏 옆얼굴을 봤는데 살짝 입꼬리를 올리면서 킥 웃더라고.

일요일이 되고, 월요일이 되어도 이상신은 돌아오지 않았어. 그리고 우린 이상신의 술친구 두 명도 같은 날 사라졌다는 걸 뒤늦게 알게 되었어. 한 명은 아들이 실종신고까지 했어. 아버지가 촛불 시위하러 나갔는데 지금까지 안 돌아왔다고. 그때는 정치에 전혀 관심이 없었던 사람들도 촛불을 들러 나갔으니 그 사람들도 시위하러 나갔을 수도 있지만, 이 상황에서 그게 믿어지나?

분명 우리가 모르는 사이에 무슨 일인가가 일어난 거지. 아마도 강우혁이 몰래 연락을 했고 아마도 이상신은 친구 둘과 함께 맞서러 나갔을 거야. 물론 이건 극도로 단순화한 설명이고 사정은 그보다 복잡했을 거야. 강우혁도 자기 계산이 있었을 거고 이상신도 자기 계산이 있었겠지. 둘 다 경찰들이 지켜보는 동안 한없이 기다리는 데엔 진력이 나 있었을 거야. 자기가 상대를 속이고 있다고 생각했을 거고, 자기에게 승산이 있다고 생각했겠지.

화요일 저녁이 되어서야 우린 그 결과를 알 수 있었어. 독산동에 있는 아파트 철거 현장에서 연락이 왔던 거지. 강우혁이 인질극을 벌이고 있다고.

가보니 세상에서 가장 가짜 같은 인질극 현장이 우리를 기다리고 있었어. 강우혁이 2층에서 인질극을 벌이고 있던 건물은 이미 창문이나 난간 같은 걸 다 치워버린, 그러니까 한쪽 면이 완전히 사라진 상자 같은 모양이었어. 거실에는 가구와 마네킹 몇 개가 놓여 있었는데, 그건 무슨 대학 연구실에서 화재실험을 하려고 갖다 놓은 것이었어. 그런 데에다 우리가 조명을 쏘고 있었으니 연극 세트처럼 보이지 않으면 오히려 이상했지.

강우혁은 막 액션 영화를 한 편 찍고 나온 것 같았어. 왼쪽 눈엔 심한 멍이 들어 있었고 코 밑에는 히틀러 수염 같은 우스꽝스러운 상처 자국이 나 있었지. 오른쪽 다리를 절고 있었는데, 알루미늄 파이프 몇 개를 부목처럼 바지 위에 묶어놓고 있었어. 숨어 있는 동안 머리가 제법 길어서 머리숱이 없는 티가 더 났고. 재킷은 피인 게 분명한 검붉은 무언가가 묻어 더러웠는데, 그게 누구 피였는지 알 게 뭐야. 하여간 마지막으로 만났을 때보다 더 못생기고 우스꽝스럽고 위험해 보였어.

인질은 세 명이었어. 당연히 이상신과 두 술친구라고 생각했는데, 아니었어. 이상신이 있는 건 맞았지만 나머지 두 명은 근처 순찰지구대 소속 순경들이었지. 밑에는 아직도 그 친구들이 타고 온 순찰차가 주차되어 있었어. 술주정뱅이가 난동을 부린다는 신고를 받고 아파트로 달려왔다가 얼떨결에 강우혁의 인질이 되었던 거야. 그 신고는 당연히 강우혁 자신이 한 것이었고.

순경 둘은 멀쩡해 보였어. 속옷 차림으로 본디지 페티시 화보 모델처럼 묶여 엎드려 있었으니 많이 창피했겠지만 다친 것 같지는 않았어. 심각한 건 이상신의 상태였어. 2미터쯤 되는 높이의 나무 외투걸이에 묶인 채 서 있었는데, 위아래의 입술이 모두 잘려나갔고 이가 죄다 부서져 있었던 데다가 혀까지 뜯겨나가고 없었어. 오른쪽 광대뼈엔 못이 세 개 박혀 있었는데, 경찰이 접근하려 할 때마다 들고 있던 네일 건으로 하나씩 쏘았기 때문이었지. 더 걱정되는 건 이상신의 옷이 물이 아닌 무언가로 푹 젖어 있었고 강우혁이 삼십 분에 한 번씩 물조리개 안에 든 물이 아닌 그 액체를 이상신의 몸에 뿌려댔다는 거야.

인질극은 요구가 있기 마련이잖아. 하지만 강우혁은 그냥 거기에서 조명을 받고 있는 것으로 만족하는 것 같았어. 가끔 확성기로 고함을 질러대긴 했지만 '가까이 오지 마라' 이상의 의미가 있는 말은 하지 않았어. 심지어 중간에 느긋하게 앉아 준비해 온 도시락까지 먹더라고. 어디서 준비해 왔는지는 몰라도 진수성찬이었어. 그 녀석이 닭다리를 뜯고 있는 걸 보고 있으니 배가 고파지고 화도 나고 그렇더라고.

10시 반에 강희선이 친구와 함께 현장에 도착했어. 협상 전문가인 교수 양반이 달려가 여러 가지를 묻고 지시를 하더라. 현장에 있는 동안 교수 양반은 일이 안 풀려 애를 먹고 있었는데, 일단 강우혁은 좀 특이한 사례였고 이야기를 풀어갈 만한 충분한 정보도 부족했기 때문이지. 강희선과도 그리 대화가 잘 되는 건 아니었을 거야. 인질범 가족에 대한 일반적인 기대와 맞는 사람이 아니었으니까.

마침내 강희선이 확성기를 들고 앞으로 나섰어. 난 두 남매가 같은 자리에 있는 걸 그때서야 처음 보았어. 어쩜 둘이 그렇게 다르게 생길 수 있는지. 에스메랄다와 콰지모도가 따로 없었어. 내가 전에 강희선의 외모는 내 취향이 아니라고 했지? 지금도 그래. 키도 너무 크고, 모나고, 억세고, 여자답지 못하고. 그런데 그때 조명을 받으며 들어서는 강희선의 모습을 보고도 '취향이 아니다'라는 말은 미안해서 못 하겠더라. 그건 김태희나 손예진이 내 취향이 아니란 말과 같았어. 내 하찮은 취향 따위가 영향을 줄 미모가 아니었단 말이지. 화장한 거나 입고 있는 옷만 봐도 결코 억지로 끌려 나온 인질범의 가족 같지 않았어. 강희선은 자기가 이 쇼의 주인공이라는 걸 알고 있었어.

그 뒤 벌어진 건 정말 한 편의 이상한 연극이었어. 대사는 평범했어. 누나는 더 이상 사람들을 해치지 말고 내려오라고 설득했고, 동생은 웃기지 말라고, 여기서 버틸 만큼 버티겠다고 맞섰지. 하지만 한국어를 전혀 못 하는 외국인이 이들의 대화를 들었다면 그런 의미일 거라고 생각하지 못했을 거야. 주어진 텍스트와는 전혀 다른 내용의 그들만의 대화가 이어지고 있었어. 그게 뭔지 우린 이해할 수 없었지만 이들의 대화가 엄청나게 강렬한 구경거리라는 사실은 바뀌지 않았지.

이 둘의 대화를 설명하는 아주 뻔한 표현이 있는데, 최근에야 내 머릿속에 떠올랐어. 죽은 쥐를 선물로 물고 온 고양이와 그 고양이를 한심한 얼굴로 보는 주인. 전에도 이런 말이 있다는 걸 알았지만 이 나라에 와서 장모님이 키우는 고양이 두 마리와 살아보고 그게 무슨 뜻인지 드디어 알게 된 거지. 강우혁은 고양이였어. 아무리 누나에게 욕을 퍼부어도 얼굴에서 그 자랑스러워하는 표정을 완전히 지우긴 어려웠지. 그만큼이나 지우기 어려운 게 하나 더 있었는데 그건 누나에 대한 감정이었어. 강우혁은 누나를 사랑하고 있었어. 누나는 동생에 대한 차가운 혐오를 숨기지 않았지만 동생은 누나가 자기를 보러 온 것만으로 충분히 만족한 것 같았어.

내용과 연기가 완전히 따로 놀던 연극이 하나로 합쳐진 건 십 분쯤 지나서였어. 누나의 성의 없는 설교를 듣고만 있던 강우혁이 갑자기 엄청나게 연극적인 말투로 이렇게 외쳤던 거야.

"안 돼! 안 돼! 아무 말도 않겠어! 침묵! 침묵! 침묵!"

그때 나는 강우혁이 니콜라이 고골의 《광인일기》에 나오는 미치광이를 흉내 내고 있다는 걸 알았지. 그 몇 개월 동안 나는 시간이 날 때마다 강우혁의 책들 중 손때 묻어 낡은 것들만 골라서 읽어왔으니까.

누나도 그 인용의 출처를 알아차렸을까? 그럴 수도 있지. 하지만 그보다 더 중요한 건 어디서 그 인용이 나왔느냐가 아니라 내용 자체였을 거야. 동생의 외침이 끝나자 강희선은 동생의 얼굴을 말없이 오 초 정도 응시하다 아무 예고도 없이 확성기를 교수에게 넘기고 조명 밖으로 나갔어. 교수는 말리지 않았어. 그 양반도 무언가 잘못되었다는 걸 알아차렸던 거지.

모두의 시선이 무대 인사를 막 끝낸 영화배우 같았던 강희선에게 쏠려 있었을 때 비명 소리가 들렸어. 강우혁이 이상신을 넘어뜨리고 몸에 불을 질렀던 거야. 누나의 퇴장은 신호탄이었지. 이상신이 몸부림치며 불타 죽어가는 동안 강우혁은 왼손 검지를 입술에 대고 가장 가까이에 있는 순경의 한쪽 눈에 네일 건을 들이댔어. 주변에 소방차도 있었지만 이 상황에선 아무것도 할 수 없었지. 우린 꼼짝도 못 하고 화형당하는 이상신을 구경할 수밖에 없었어.

섬뜩한 이야기를 하나 더 할까? 우리 중 상당수는 이상신이 죽는 걸 당연하다고 생각했어. 뭔가 이유가 있으니 저렇게 죽는 거겠지. 저렇게 죽어야 몇 달 동안 질질 끈 이야기가 끝나는 거겠지. 경찰 인질 때문에 가만히 있었다는 게 공식적인 이유지만 저런 생각이 머리를 스치지 않은 사람은 없었을걸.

불길이 거의 꺼지자 강우혁은 네일 건을 아파트 바깥으로 던지고 소파에 앉았어. 바깥에서 대기하고 있던 진압 팀이 뛰어들어 인질들을 구출하고 강우혁을 체포했지. 끌려 나와 경찰차에 오르는 동안 전혀 저항하지 않더라.

강우혁이 언제 사이안화칼륨, 그러니까 다들 청산가리라고 부르는 독을 삼켰는지는 모르겠는데, 발작을 일으킨 건 차 안에서였어. 크리스티 소설을 보면 청산가리 삼킨 사람들은 즉사하지만, 그 친구는 한 시간 정도 몸부림치다 근처 병원 응급실 침대에서 죽었어. 그와 함께 우리가 심문할 기회도 사라져버렸고.

8.

그러니까 이게 이야기의 끝이야. 우린 끝끝내 강우혁의 동기를 알아낼 수 없었어. 가설이야 얼마든지 있었지. 하지만 가설은 가설일 뿐이야. 예를 들어 이상신이 십여 년 전에 일

어난 어떤 사건을 은폐하려고 영향력을 행사했다는 가설이
야 충분히 만들 수 있지만 그걸 입증하는 건 다른 이야기지.

우리가 확신할 수 있는 건 딱 하나야. 강우혁은 자기가 시
체를 겹겹으로 쌓아가며 연출한 쇼가 무슨 의미인지 공식적
으로 밝힐 생각이 없었다는 것. 침묵. 침묵. 침묵.

이상신의 두 술친구는 지금도 행방불명된 상태야. 아마 죽
었겠지. 시체란 게 숨기기도 힘들지만 찾기도 힘들거든. 굳이
그렇게 애써서 숨기지도 않았을 거라고 생각해. 그냥 어쩌다
보니 경찰이 못 찾은 거지. 그동안 강우혁이 숨어 있던 은신
처를 찾아내지 못한 것처럼. 당연하지만 강정훈의 시체도 끝
끝내 발견되지 않았어. 오래전에 인천 앞바다 여기저기에 흩
어져 고기밥이 되지 않았을까?

신경 쓰이는 후일담이 있어. 보험회사에서 이상신 사건을
수상쩍게 여겨서 잠시 조사에 들어갔던 거지. 이상신과 아내
가 8월 말에 서로를 대상으로 상당한 액수의 생명보험에 들
었대. 하지만 식당 장사가 꽤 잘되는 편이었고 빚도 없고. 이
상신이 자신의 죽음을 예상하고 보험을 들었을 가능성도 없
지는 않지만 그럴 사람은 아니고. 아무런 정보 없이 아내 혼
자 그런 음모를 꾸몄을 리도 없고. 결국 흐지부지되었다고 들
었어.

강희선은 여전히 같은 가게에서 좋은 재료를 쓴 맛있는 디저트를 만들고 있다고 해. 동생과 관련된 인터넷 소문 같은 건 전혀 퍼지지 않았는데, 그 수호천사 같은 동업자 친구 덕택일 거라고 생각해.

난 강희선을 그 뒤로 딱 세 번 더 만났어. 두 번은 경찰서에서. 마지막은 동생의 시체를 화장한 화장터에서. 안 가도 되는데 그래도 가야만 했어. 내 마지막 사건이었으니 끝을 보고 싶었지.

장례식 따위는 없었고. 다른 가족이나 친척 따위가 왔을 리도 없었고. 난 강우혁을 마지막으로 배웅하러 온 유일한 손님이었지. 강희선은 내 얼굴을 보고도 무덤덤하더군. 저 여자는 도대체 감정이란 게 있긴 할까? 아니면 저 무표정을 갑옷처럼 뒤집어쓰고 속 감정을 감추고 있는 걸까?

난 보자기에 싼 유골함을 든 강희선과 함께 동업자가 차 안에서 기다리고 있는 주차장까지 말없이 같이 걸었지. 묻고 싶은 말이야 많았지만 그럴 때가 아니었어.

차에 거의 도착했을 때 강희선이 갑자기 고개를 돌리고 입을 열었어.

"동생은 유전을 두려워했어요. 아버지처럼 될까 봐, 아버지 같은 아들을 낳을까 봐 걱정했지요. 늘 말하곤 했어요. 세상에 피 한 방울도 남기지 않겠다고."

그 '피'에 다른 의미가 있을지도 모른다는 생각이 든 건 집에 돌아와 잠자리에 든 뒤였어.

그 겨울, 손탁 호텔에서

2016년 12월 17일 토요일 오후 11시 23분

칠 개월 만에 다시 일기를 쓴다.

그동안 무슨 일이 일어났는지 이야기하는 것이 순서겠지. 후두암 수술과 치료는 잘 끝났다. 주변에서 잔뜩 겁을 주었던 후유증도 겪지 않았다. 소리 내는 것이 조금 힘들어졌고, 주변 사람들 말에 따르면 목소리 톤이 아주 살짝 바뀌었다고 하던데, 이 정도면 감사하다고 할 수밖에.

일도 다시 시작했다. 얼마 전까지만 해도 난 사라 테부르비의 영화에서 아델 에넬의 마약중독자 여자친구를 연기했다. 그저께 재촬영한 장면에서 주변에 있는 깨질 만한 물건들을 세 시간 넘게 벽에 집어 던지며 고함을 질러댔는데, 아직도 왼팔과 목이 조금 아프다.

나는 지금 도현중이라는 남한 감독이 만드는 시대극 〈그 겨울, 손탁 호텔에서〉라는 영화에 출연하게 되어 서울에 와 있다. 이 영화에 대해서는 이 년 전에 한 번 이야기를 한 적이 있는데, 당시 적은 내용이 빈약해서 아무래도 다시 이야기해야 할까 보다.

우린 산세바스티안에서 처음 만났다. 나는 엉겁결에 출연한 클레르 드니의 영화 때문에, 도현중(이제부터 한국 사람들이 그러는 것처럼 그냥 '도 감독'이라 부르기로 한다)은 유럽의 한국계 입양인을 그린 다큐멘터리 때문에 거기 갔었다. 어디서 어쩌다 만났는지는 가물가물하다. 이런 기억의 빈자리를 채워주는 것이 일기의 역할일 텐데 말이다!

도 감독은 영어가 유창했다. 가족이 팔 년 동안 케냐에서 살았다고 한다. 고국으로 돌아간 그는 영화과에 들어갔고 졸업하자 폴란드로 유학을 갔다. 당시 남한에선 영화를 배우러 폴란드나 러시아로 가는 게 의외로 흔한 일이었다고 한다. 돌아온 그는, 폭력적인 남편을 죽이고 경찰에 잡히기 전에 겨울 여행을 떠나는 여자를 주인공으로 한 첫 장편 영화를 들고 로카르노에 갔다. 자살하려는 엄마를 구하려는 딸과 신앙을 잃어가는 수련수녀를 다룬 영화를 각각 한 편씩 찍은 그는 부패 경찰과 조직폭력배에 관한 대자본 액션물에 도전했다가 처참하게 망했다. 그는 그 후 칠 년 동안 단 한 편의 극영화도 찍지 못했다.

당시 그는 두 편의 영화 각본 작업을 하고 있었다. 둘 다 시대물이었다. 하나는 독살당했다는 소문이 도는 한국의 왕에 대한 이야기였는데 사전 지식이 없어서 내용을 잘 따라가지 못했고 그마저도 곧 잊어버렸다. 다른 하나가 바로 〈그 겨울, 손탁 호텔에서〉였다. 그는 이 영화가 오래전에 사라진 호텔의 유령 속에 거주하는 역사의 유령들에 대한 이야기라고 했다. 그가 들려준 이야기는 매혹적이었고 나는 아직 존재하지 않는 영화의 일부가 되고 싶었다.

이 정도면 내가 여기에 와 있는 이유가 설명이 되려나.

2016년 12월 18일 일요일 오전 11시 43분

내가 어떻게 한국 시대물에 출연할 수 있었는지에 대해 조금 더 설명해보기로 할까.

내가 연기하는 인물은 안토이네테 존타크다. 1854년에 알자스에서 태어난 이 사람은 나중에 러시아에서 영어, 독일어, 프랑스어의 통역가가 되었는데, 1885년에 러시아 공사와 함께 한국에 왔다. 마담 존타크는 그 뒤에 한국 왕의 신임을 얻었고 1902년에 왕이 선물로 준 땅에 자기 이름을 딴 호텔을 세웠다. 여담이지만 한국 왕에게 커피를 처음으로 소개한 사람이라고도 한다.

남아 있는 얼마 안 되는 사진에 따르면 마담 존타크는 키가 크고 뚱뚱하다. 나는 작고 말랐다. 잠시 도 감독이 자기 영화에 뚱뚱한 여자를 출연시키고 싶지 않았던 게 아닌가 싶었다. 하지만 다시 생각해보니 선택의 여지가 별로 없었던 것 같다. 마담 존타크는 분량이 많으면서도 은근히 실속이 없는 역할이지만 배우는 어느 정도 지명도도 있어야 하고 영어, 프랑스어, 독일어, 한국어, 러시아어를 모두 구사해야 한다. 이런 역할을 맡아줄 배우를 찾기 쉽지 않을 것이다.

영화는 한국판 〈그랜드 호텔Grand Hotel〉이다. 카메라는 내레이션과 함께 현대 서울의 거리를 질주하다가 아직도 공간의 틈에 숨어 있는 손탁 호텔의 유령과 마주친다. 들어가보면 호텔 안은 1903년 1월의 어느 날이고, 영화는 스물네 시간 동안 호텔을 떠나지 않는다. 그 안에서 영화는 한국의 왕(그때는 자칭 황제였다고 한다), 러시아인 외교관, 일본인 상인, 미국인 선교사, 프랑스인 성악가, 통역가를 꿈꾸는 한국인 여자, 절망한 한국인 귀족 애국자 같은 사람들과 마주친다. 이렇게 말하면 다국적으로 보이지만 사실 이 영화에서 중요한 캐릭터들은 대부분 한국인이다. 당시 서구인들은 끝까지 한국을 이해할 수 없었다는 것이 이 영화의 테마 중 하나다.

솔직히 말하자면 내가 읽고 있는 최종 각본은 실망스럽다. 이 년 전 산세바스티안에서 도 감독이 읊었던 이야기가 훨씬 매력적이었다. 지금 버전은 지나치게 애국적인 울분에 차 있다. 특히 여기 등장하는 한국 남자들은 왕에서부터 하인에 이르기까지 모두 영화 내내 억울해하기만 하는 것 같다. 하지만 영화를 만들려면 어느 정도 타협을 해야 한다. 도 감독도 투자자들과 배우들을 설득할 미끼가 있어야 했겠지.

2016년 12월 26일 월요일 오전 10시 22분

소피 라로크를 소개한다.

십 년 전 한국어를 배우러 남한에 온 소피는 프루스트 전문가인 대학 교수와 사랑에 빠져 결혼해 딸 하나를 낳았다. 둘은 오 년을 살다가 이혼했다. 남편보다는 남편의 가족 때문이었다. "한국 남자들은 결혼할 때 코끼리 한 마리를 짊어지고 온다"라는 게 그녀의 설명이다. 남한 사람들에게 소피는 나보다 더 유명한데, 결혼 전에 한국어를 유창하게 하는 외국인들만 나오는 유명 텔레비전 프로그램에 출연했기 때문이다. 딸 발레리도 어린이 프로그램의 고정 출연자이고 역시 나보다 더 유명하다.

소피는 이 영화 각본의 프랑스어 대사를 썼고 단역과 엑스트라들에게 프랑스어를 가르치고 종종 내 스탠드인이기도 하다. 나처럼 갈색 머리에 작고 마른 그녀는 같은 옷을 입고 조명을 등지고 있으면 오싹할 정도로 나랑 닮아 보인다. 아니, 오싹할 정도까지는 아니다. 그리고 원래 영화 촬영장이란 비슷비슷한 사람들이 부글거릴 수밖에 없는 곳이다.

소피는 내 수다 상대이기도 하다. 이런 사람이 한 명이라도 있으니 다행이다. 한국의 영화 촬영장은 나에게 낯선 곳이다. 지난 이십여 년 동안 나는 다양한 나라의 영화에 출연했는데, 언어 장벽 때문에 어려웠던 적은 없었다. 나는 독일어, 프랑스어, 영어와 약간의 스와힐리어를 할 줄 알고 이 정도면 잘 모르는 언어라도 눈치로 때려 맞힐 수 있다. 하지만 한국어는 거의 외계어 같은 언어다. 문법은 내가 아는 언어들과 전혀 다르고 가끔 섞여 나오는 영어 외래어를 제외하면 어휘도 알아들을 수 없다. 그리고 여긴 영어를 할 줄 아는 사람이 많지 않으며 할 줄 아는 사람들도 나에게 말을 거는 걸 부끄러워하는 것 같다. 나는 다른 주연 배우들로부터 은근슬쩍 소외된다는 느낌을 받는다.

그래도 대화가 되는 배우가 몇 명 있다.

그중 한 명은 에벌린 최다. 에벌린은 FTL라는 6인조 걸그

룹의 멤버이고 배우다. 조각 같은 미인이고 사방에 얼굴이 인쇄된 광고 포스터가 붙어 있으며 저스틴 비버처럼 소녀팬들을 몰고 다닌다.

에벌린 최는 뉴욕 퀸즈 플러싱에서 태어나 열두 살까지 미국에 살며 피겨 스케이터를 꿈꾸다가 오디션에 붙어 한국에 왔다. 그녀는 이 영화에서 어머니의 복수를 꿈꾸는 통역사 소녀를 연기하는데, 이 영화에 출연하는 진짜 목적은 한국 전통 의상에서부터 벨 에포크 시대 유럽 드레스까지 다양한 옷을 입고 패션쇼를 하는 게 아닌가 싶다. 유감스럽게도 플러싱 공주님은 케이팝 아이돌답게 영화 말고도 하는 일이 많아서 촬영장 밖에서 나랑 만날 일이 별로 없다.

다른 한 명은 김호태다. 남한에신 뮤지컬 스타인 그는 여덟 살 때부터 십 년 넘게 로스앤젤레스에서 살았는데 아이러니하게도 영어 대사가 하나도 없다. 그가 맡은 역할은 호텔에 몰래 잠입한 시골 애국자 역할이다. 오늘 그는 유럽인 엑스트라들에게 영어와 프랑스어로 조롱당하면서도 그 말을 못 알아들어 어리둥절해하는 연기를 했고 명연이었다. 좋은 사람 같은데 영화 속에선 나랑 엮이는 장면은 없다.

나랑 가장 많이 나오는 배우는 내 비서 겸 하녀 겸 통역으로 나오는 홍아린이다. 열두 살 아이처럼 작고 귀엽게 생겼는데 (이 영화에 나오는 대사 있는 배우들 중 나보다 키가 작은 유일한 사람이다) 사실은 스물세 살. 플러싱 공주님과 동갑이다. 두 사람은 예술학교를 무대로 한 텔레비전 드라마 시리즈에서 같이 나왔고 존슨앤드존슨 화장품 광고도 같이 찍었다. 아역 배우 출신으로 배우 경력은 십육 년이 넘는다. 영어가 능숙한 편은 아닌데, 붙임성 있고 수다스러워서 우린 대화가 꽤 많은 편이다.

어제 드라마 촬영을 마치고 합류한, 귀족 출신 애국자로 나오는 이인기라는 배우도 있다. 소피 말에 따르면 한국의 알 파치노라고 하던데, 내가 아는 출연작은 없다. 박찬욱 영화에도, 홍상수 영화에도, 김기덕 영화에도 나오지 않았으니까. 소위 '한류'의 주역 중 한 명인데 대표작은 모두 텔레비전 드라마 시리즈라 하고 아시아 여러 나라에 팬이 많다고 한다. 연기하는 것을 잠시 봤는데, 난 아직 한국어 연기를 평가할 입장은 못 된다. 단지 일본인 외교관에게 오 분 넘게 고함을 지르면서도 메트로놈에 맞춘 것처럼 완벽한 리듬으로 대사를 읊는 데엔 감탄했다.

그와는 몇 번 영어로 대화를 나누었는데, 좀 불편했다. 기계와 대화를 나누는 것 같달까. 그는 나와 영어로 이야기할 때는 늘 과장된 미국식 억양을 흉내 냈고 부자연스럽게 길고

인위적인 문장으로 말을 했다. 심지어 중간에 심한 뉴욕 억양을 섞기도 했는데, 마치 가상의 미국 영화에 나오는 가상의 미국 배우 연기 서너 개를 편집해 통째로 흉내 낸 것 같았다. 그런데 정작 내용은 별게 없었고 대화는 길게 이어지지 않았다. 자신이 얼마나 영어를 잘할 수 있는지 자랑하기 위해 나를 고른 것 같았다.

생각해보니 남의 일이 아니다. 며칠 뒤엔 그를 상대로 연기를 해야 하는데, 대사 상당수가 한국어다. 도 감독이 대사를 조금 줄여주었고 소피가 악보까지 그려가면서 한국어 대사를 도와주고 있는데 잘할 수 있으려나. 소피에 따르면 한국인들은 서툰 한국어에 가차 없다고 한다. 난 그들의 농담거리가 될 생각이 없다.

2016년 12월 29일 목요일 오전 12시 43분

배우는 사기꾼이다. 다른 사람들의 오락을 위해 존재하지 않는 사람으로 위장하는 게 직업인 우리는 언제 들통날지 모른다는 공포증에 시달린다. 몇몇은 이를 노련하게 극복하지만 모두가 그럴 수 있는 건 아니다. 여러분은 이 불운한 사람들의 기벽, 집착, 신경쇠약을 이해해야 한다.

하지만 난 지금 이인기를 그렇게까지 이해해줄 생각이 들지 않는다.

걱정했던 장면은 잘 찍었다. 그런데 그 장면에선 내가 그와 그렇게까지 공들여 합을 맞출 필요는 없었다. 내 첫 한국어 대사 시도라 도 감독이 신경을 써주었고 우리의 대화라는 것 대부분이 이인기의 일방적인 연설이었기 때문이다. 그리고 그는 몇 분 동안 완벽한 페이스로 고함지르는 연기를 아주 잘한다.

그가 혼자 몇 분 동안 울분의 독백을 읊는 지독하게 연극적인 장면을 찍을 때에도 그냥 그런가 보다 했다. 이 장면은 원래 각본에 없었지만 자신이 직접 써서 감독에게 삽입을 요구한 것으로 무슨 내용인지 난 잘 모른다. 아마 매우 애국적이고 억울한 내용이리라. 복도에 갑자기 사람들이 없어진 걸 보면 실제로 일어난 일이 아니라 애국자의 머릿속에서 일어나는 일일 것이다. 내용은 모르지만 잘한 것 같다. 앞에서도 말했지만 그는 완벽한 페이스로…….

그가 울음을 터뜨리는 장면을 위해 발동 거느라 성질을 내고 고함을 질러댄 것도 웃겼지만 이해는 하려고 한다. 진짜 눈물에 집착하는 배우들은 많으니까. 그렇게 해서 흘린 눈물 한 방울이 동료들을 불편하게 하는 것보다 더 중요하다고 생각하는 사람들을 한두 번 보았나. 그가 디바라는 건 첫 만남 때부터 알아보았다. 놀랄 일도 아니다.

하지만 그가 불리[bully]라는 사실은 도저히 용서하기 어렵다. 굳이 영어 단어를 쓴 이유는 같은 의미의 독일어나 프랑스어 단어는 지나치게 중립적이거나 고상하기 때문이다. 이인기는 자기보다 약한 아이들을 괴롭히는 게 자신의 천부적 권리라고 생각하는 심술궂은 초등학생 남자애와 같다. 평생 칭찬만 들었고 위계질서 안에서 너무나도 편안하기 때문에 자신의 태도를 단 한 번도 의심해본 적 없는 부류다.

이 세트장에서 그는 왕이다. 몇 시간 전에야 나는 그가 영화의 공동 제작자라는 사실을 알게 되었다. (정보가 언어 장벽을 뚫고 오는 데에는 시간이 좀 걸린다.) 수도 없이 엎어질 위기에 처했던 영화가 여기까지 온 데에는 이인기의 역할이 결정적이었다. 다시 말해 도 감독을 포함해서 그에게 시비를 걸 수 있는 사람은 세트장에 존재하지 않는다. 분명 산세바스티안에서는 없었던 애국자 캐릭터가 등장한 것도 이인기 때문이다. 도 감독이 이인기를 유혹하기 위해 맞춤 캐릭터를 써준 것이다.

이인기는 외국인인 내 앞에서는 어느 정도 예의를 차렸기 때문에 처음엔 어떤 사람인지 잘 몰랐다. 하지만 비밀이 지속

되기엔 그는 너무 시끄러웠다. 그는 쩌렁쩌렁 잘 울리는 목소리를 자기 주변의 약한 사람들을 겁박하는 데에 썼는데, 뜻은 하나도 알아들을 수 없었지만 거기에 섞인 저열함까지 눈치챌 수 없을 정도는 아니었다.

그가 세트 구석에서 홍아린을 하인처럼 세워놓고 몰아붙이는 걸 엿보았을 때는 나도 화가 났다. 나중에 그녀는 그게 연기 지도였다고 변명했는데, 아무리 그가 나이가 많고 같은 학교 선배라고 해도 (동아시아 사회에서 선배라는 위치는 우리가 생각하는 것보다 훨씬 큰 의미가 있다) 동료에게 그러는 건 아니다. 그 어린 상대가 자기보다 더 좋은 배우이고 프로페셔널일 때는 더욱 그렇다. 더 어이가 없는 건 그들이 십 년 전에 히트한 한류 드라마에서 부녀로 나왔고 이인기는 그 뒤로 지금까지 자상한 아버지로 이미지 메이킹을 한다는 것이다. 당시 세트장 모습이 저절로 그려진다. 진저리가 난다.

2017년 1월 1일 일요일 오전 12시 01분

해피 뉴 이어!

2017년 1월 4일 수요일 오후 8시 25분

오늘은 세트장의 외국인 동료들을 소개해보기로 하자. 소재상 이 영화에는 다양한 국적의 배우들이 나올 수밖에 없다. 대부분은 대사 없는 엑스트라지만 중요한 비중의 배우들도 있다. 분장한 채로 세트장과 식당 여기저기에 모여 있는 이들은 릭의 카페에 모인 망명객들 같아 보인다.

미국인 선교사로 나오는 브랜던 오쇼너시는 로스앤젤레스에서 활동하는 북아일랜드 출신의 연극배우로, 미국 오디션을 통해 이 영화에 캐스팅되었다. 중요한 장면은 다 찍었기 때문에 사흘 뒤에 떠날 예정이다. 브래드 피트가 제작한다는 넷플릭스 시리즈의 조연으로 캐스팅되었다고 한다. 최근 며칠 동안 그는 영어가 통하는 사람만 만나면 붙잡고 그 시리즈 이야기를 했기 때문에 벌써 한 시즌을 다 본 거 같다.

러시아 외교관으로 나오는 예브게니 도브첸코는 우크라이나 사람인데, 역할은 작지만 나랑 엮이는 장면이 많다. 그는, 자신의 표현을 빌린다면, '반쪽 배우'다. 어쩌다 보니 한국에 눌러앉은 장사꾼인 그는 이 나라에서 서양 배우가 필요한 다양한 재연 프로그램에 출연하고 있는데, 지금까지 니콜라이 2세, 그리고리 라스푸틴, 레프 트로츠키, 블라디미르 레닌, 이

오시프 스탈린 그리고 시베리아에서 외계인 시체를 발견한 과학자 2번을 연기했다고 한다. 소피 말에 따르면 그는 한국어가 아주 유창하다고 한다.

프랑스인 가수로 나오는 갈리나 아자로바는 러시아 패션모델인데, 프랑스어는 한마디도 못 하고 노래는 더 못한다. 소피가 교육하고 있긴 하지만 더빙하지 않으면 우스꽝스러울 것 같다. 그녀도 한국어를 꽤 잘하는 편으로 소피처럼 외국어 잘하는 서양인들이 나오는 텔레비전 프로그램에 나온 적 있다. 같은 프로그램은 아니지만.

이상한 것은, 이 영화에 제법 많은 일본인 캐릭터가 나오지만 정작 일본인 배우는 한 명도 없다는 것이다. 도 감독에게 왜냐고 한번 물었고 답변도 들은 거 같은데, 잊어버렸다. 비중이 큰 일본인 상인 역할은 안영춘이라는 남한 배우가 연기한다. 그는 젊었을 때 일본에 유학을 간 적 있었고 일본에 친척들이 있어서 일본어를 비교적 잘한다고 한다. 그 때문에 그는 일본인 악당이 나오는 남한 시대극의 단골이다. 어제 그는 더듬거리는 영어로 나에게 지금은 세상을 떠난 한국계 일본인 배우였던 사촌 누나에 대해 이야기했는데, 내가 얼마나 정확하게 이해했는지 자신이 없다. 무척 슬픈 이야기였던 거 같긴 한데.

2017년 1월 5일 목요일 오후 11시 00분

조금 웃기면서 난처한 일이 있었다.

일을 만든 건 도브첸코였다. 앞에서도 말했지만 그는 한국어가 유창하고 한국 연예계에 대해서도 아는 게 많다. 그는 점심시간 때 내 앞에서 한국 연예인들과 관련된 온갖 루머에 대해 이야기했는데, 그중 아는 사람은 한 명도 없었지만 배꼽이 떨어져나갈 정도로 웃겼다.

한국 연예인의 절반 정도를 언급한 그는 이인기에 대해 이야기하기 시작했다. 돈 많은 집안 출신이고 소위 재벌가의 막내딸과 결혼해 열다섯 살인 아들 하나를 두었다고 한다. 남한 배우 중 네 번째인가 부자라고 한다. 그 자체는 그렇게 재미있는 이야기는 아니었다.

그가 이인기의 흉내를 내기 시작하면서 재미있어졌다. 이곳 사람들은 다들 이인기를 메소드 배우라고 하지만, 내가 알기로 그는 한 가지 스타일만 고집하는 사람이라 흉내 내기가 굉장히 쉽다. 도브첸코가 가장 신나게 흉내 냈던 것은 그가 몇 년 전 모 드라마에서 연기했던 연기 교사 역할이었는데, 그 연기의 핵심은 쩌렁쩌렁한 목소리로 '오쎈틱'을 외치는 것이었다. 오쎈틱이란 'authentic'의 한국식 발음으로, 그는 20부작 매 편마다 최소한 다섯 번은 그 단어를 외쳤던 모양이다. 도브첸코의 흉내를 보니 그가 그 드라마에서 어땠을지 짐작이 갔다.

도브첸코가 세 번째로 '오쎈틱'을 외치는 순간 뒤에서 이인기가 지나가다가 멈추어 섰다. 주변 사람들이 허겁지겁 말리려 했지만 그는 그걸 환호로 착각하고 거의 이인기의 귀신이라도 들린 것처럼 천둥 같은 목소리로 네 번째 '오쎈틱'을 외쳤다. 분위기가 싸늘해지자 그는 고개를 돌렸고 아홉 살 여자애처럼 단단히 삐친 이인기의 얼굴과 마주쳤다.

그다음에 어떻게 되었느냐고? 아무 일도 없었다. 이인기는 다시 자기 갈 길을 갔고 조용해진 도브첸코는 감자 조각과 통조림 옥수수가 올라간 피자를 김빠진 콜라와 함께 씹어 삼켰다. 그가 오늘 모든 장면을 다 찍었다는 게 안심이 됐다.

2017년 1월 6일 금요일 오후 2시 48분

지금까지 일기에서 언급하지 않았는데, 남한은 현재 정치적 격동기다. 수많은 사람이 최초의 여성 대통령이고 몇십 년 전 암살당한 독재자의 딸인 박근혜의 탄핵을 요구하며 주말마다 시위를 하고 있다. 영어 기사만 읽어도 어처구니없다.

박근혜는 샤먼인 친구를 조언자로 두었고, 몇 년 전에 수많은 아이가 죽은 여객선 침몰 사고 (이번 주말에 천 일째가 된다) 때도 아무것도 안 했으며, 그 밖의 이상한 일들을 저질렀다.

세트의 배우와 스태프들은 모두 시간이 나면 정치 이야기를 하느라 정신이 없다. 나는 처음엔 끼지 않으려 했는데, 소피도 이 일에 흥분하기 시작해서 도저히 무시할 수 없었다. 이런 시기에 이 나라에 와 있으면서 여기에 대해 전혀 모르는 척하는 것도 이상한 일이다.

분위기를 보면, 세트장 사람들 거의 모두가 박근혜의 탄핵에 찬성하는 것 같다. 박근혜의 전임자에 대한 성토도 뜨겁다. 이들은 이 두 사람이 남한의 역사를 십 년 이상 후퇴시켰으며 이 나라 영화 문화의 성장을 막았다고 생각한다.

나는 소피의 통역을 통해 사람들이 말하는 걸 들으며 가끔 질문을 던졌다. 사람들은 나 같은 외국인이 이 사건에 관심을 가지는 걸 좋게 보았던 모양인지 내 질문에 아주 열성적으로 답했다.

그런데 갑자기 이인기가 나에게 영어로 프랑스에서 국민전선이 인기를 얻고 있고 인종차별과 이슬람포비아가 증가하는 것에 대해 어떻게 생각하느냐고 긴 문장의 질문을 아슬아슬하게 던졌다. 왜 그가 이 주제들이 연결되었다고 생각했는지는 잘 모르겠다. 난 모두 심각한 문제이고 걱정스럽긴 한데, 나는 프랑스인이 아니라 룩셈부르크인이라고 대답했다. 이인기의 눈동자가 방황했다. 분명 룩셈부르크가 어느 은하계에 붙은 점인지 생각해내려 애쓰고 있었겠지. 자주 보는 광경이었다. 하지만 공동 제작자라면 내 국적 정도는 알고 있어야 하지 않을까?

이인기의 다음 질문은 더 황당했다. 같은 소재 영화로 메릴 스트립과 비교되는 기분이 어떻느냐고 물었던 것이다. 나는 최근에 그런 영광을 누린 적이 없었기 때문에 도저히 답변을 할 수가 없었다. 분위기가 이상해졌고 도 감독은 헛기침을 하며 화제를 돌렸다.

그가 나를 카트린 프로로 착각하고 있었다는 사실을 몇 분 전에야 알았다.

2017년 1월 9일 월요일 오후 4시 08분

일본과 대만에서 콘서트를 마친 에벌린 최가 다른 FTL 멤버들과 함께 세트를 찾았다. 팬들이 돈을 모아 보낸 간식차가 함께 도착했고 나에게도 버터로 눅눅하게 구운 오믈렛 샌드위치가 커피와 함께 돌아왔다. 여섯 명은 간식차 앞에 모여

손가락으로 프레즐 모양을 만들며 사진을 찍었다. 남한에서 그 손 모양은 하트를 의미한다.

플러싱 공주의 오늘 임무는 촬영이 아니라 인터넷 생중계로 전 세계 케이팝 팬들에게 영화를 홍보하는 것이다. 허겁지겁 차려입은 예쁜 드레스도 사실 촬영용이 아니었다.

끝에 아이폰이 달린 셀카봉을 들고 세트 안을 돌아다니며 영어와 한국어로 수다를 떨던 플러싱 공주는 나와 홍아린이 촬영 순서를 기다리고 있던 벤치로 다가왔다. 홍아린은 공주와 한 화면에 들어오게 얼굴을 바짝 붙이고 호들갑을 떨었다. 뒤에서 배경으로 있던 나 역시 아이폰 앞으로 끌려 나와 한 십 초 정도 인사를 해야 했다.

삼십 분 뒤, 나는 플러싱 공주와 내가 함께 나온 부분이 편집되어 트위터에 돌아다니고 있다는 사실을 알게 되었다. 트위터 번역이 정확하다면 여기 영화광들은 이 클립이 초현실적이라고 생각하는 모양이다. 그들이 절대로 만날 일이 없다고 생각한 두 세계가 만난 것이다.

"남한 사람들은 아직도 자기들이 세상의 일부라는 사실을 신기해해요"라고 소피가 말했다.

2017년 1월 10일 화요일 오후 8시 12분

도 감독은 점점 말라가고 있다. 뱃살이 쑥 꺼졌고 볼도 홀쭉해졌다. 지난 몇 주 동안 십 킬로그램 가까이 빠진 것 같다. 작은 갈색 병에 든 카페인 음료에 중독되었고 수전증도 생겼다. 이인기와의 기 싸움에서 점점 밀리고 있는 것이다. 도 감독은 마음이 약하고 남에게 나쁜 소리를 못 하는 사람이다. 좋은 사람이지만 과연 좋은 선장일까?

얼마 전 도 감독의 갱스터 영화가 넷플릭스에 올라왔다고 해서 보았다. 끔찍했다. 그의 저예산 소품들이 갖고 있던 단아한 아름다움은 찾아볼 수 없었고, 천박하고 난잡하며 시끄러웠다. 컴컴한 도시 이곳저곳을 돌아다니는 부패 경찰 이인기가 으르렁거리며 사람들을 패거나 반대로 얻어맞는 게 영화 내용의 전부였다.

나는 그 영화가 망한 게 모두 이인기 때문이며 비슷한 일이 반복되고 있다고 믿게 되었다.

요새 도 감독은 시간이 날 때마다 아이패드로 프랑수아 페랑의 〈파멜라를 소개합니다Je Vous Presente Pamela〉를 조금씩 쪼개서 본다. 다른 나라에서는 그냥 〈파멜라Pamela〉로 알려진 영화다. 주연 배우 줄리 베이커로부터 영감과 에너지를 얻으려나보다. 도 감독은 어렸을 때 통역인 어머니를 따라갔다가 한국 전 영화를 찍으러 인천에 온 그녀를 만났고 그때부터 영화감독의 꿈을 꾸었다고 한다. 그는 아직도 한국 전통 의상을 입은 베이커와 같이 찍은 사진을 지갑에 넣고 다닌다. 그 사진 안의 통통한 소년이 지금의 그를 보면 어떻게 생각할까. 꿈을 이루었다고 생각할까? 아니면 배우에게 휘둘리는 자신이 한심하다고 생각할까?

도 감독의 몸이 점점 증발되어가는 동안 이인기는 새로운 아이디어를 실현에 옮기고 있는 중이다. 전에 언급한 독백 장면을 기억하는가? 그는 거기에 결말을 추가했다. 2층 복도를 방황하던 애국자는 문 하나를 턱 여는데, 그 문은 그의 고향집 방으로 통하고 천장에는 올가미가 걸려 있다. 그가 올가미를 목에 거는 순간 갑자기 바닥이 꺼진다.

저번 복도 독백처럼 쓸데없이 연극적이고 어색하지만, 이 영화 속 어느 누구도 건물 바깥으로 나가지 못한다는 영화 설정을 생각하면 나올 수 있는 아이디어다. 그런데 그는 복도 세트 옆에 실제로 방을 짓고 올가미를 걸어야 한다고 우겼다. 이건 쓸데없는 일이다. 어차피 애국자가 며칠 전 독백하며 지나쳤던 복도와 계단도 사실은 다섯 조각으로 쪼개진 세트를 CG와 편집으로 연결한 것이다. 방 세트도 따로 지어서 나중에 붙이면 된다. 하지만 스태프들의 말을 들어보면 이인기는 문이 열렸을 때의 느낌이 중요하다고 생각하나 보다. 하긴 자기 돈이고 자기 시간인데, 맘대로 쓰라지.

사람들은 지금 이인기의 지휘 아래 그를 목매달 교수대를 세우고 있다.

2017년 1월 12일 목요일 오후 4시 39분

플러싱 공주에게 운명의 순간이다. 지금까지 찍은 장면들은 예쁜 옷을 입고 예쁘게 걸어 다니는 게 전부였다. 하지만 어제부터 찍고 있는 장면에서는 진짜 실력을 보여줘야 한다.

앞에서 말했지만, 그녀의 캐릭터는 어머니의 복수를 하려고 하는 소녀다. 그녀는 지금까지 일본인 상인이 어머니의 원수라 생각하고 있었는데, 알고 봤더니 진범은 애국자인 줄 알았던 매국노인 그녀의 아버지다. 소녀는 아버지를 비난하다가 갑자기 칼로 그를 찔러 죽인다. 나중에 마담 존타크는 소녀의 옷깃에 묻은 핏자국을 눈치채지만 모른 척한다.

플러싱 공주는 지난 며칠 동안 홍아린과 함께 이 장면을 준비해왔다. 두 사람이 대사를 하도 많이 읊어서 한국어를 모르는 나까지 대사를 따라 할 수 있을 것 같다. 아.버.지.

아.버.지.가. 어.떠.케.

어땠냐고? 정말 훌륭했다. 지금까지 나는 플러싱 공주를 조금 얕보았다. 케이팝 팬들을 끌어오려는 예쁘장한 미끼에 불과하다고 생각했다. 하지만 그녀는 집중력이 엄청나게 좋았고 표현력도 풍부했다. 한국어 대사 구사가 얼마나 좋았는지는 모르겠지만 나에겐 충분히 아름답게 들렸다.

도 감독이 OK 사인을 하자 모두 박수를 쳤다. 가장 열광적으로 박수를 친 사람은 아까 딸에게 칼을 맞아 죽은 아버지 역인 배수운이었다. 그는 너털웃음을 터뜨리며 뭐라고 말했는데 나중에 소피가 무슨 뜻이었는지 번역해주었다.

"배우가 늘 잘할 필요가 있나. 이런 장면 하나만 있으면 되는 거지."

2017년 1월 13일 금요일 오후 7시 11분

김호태가 새 옷을 갈아입었다. 지금까지 지저분한 농사꾼 옷 한 벌로 버텼던 그는 오늘 귀족들이 입는 소매가 넓고 깨끗한 하얀 옷차림이다. 반투명할 정도로 얇고 챙이 넓은 모자도 썼는데, 이 역시 귀족들만 쓰는 것이다. 시골 애국자는 어제 죽은 플러싱 공주의 아버지(이 시간선에는 아직 살아 있다)를 만나기 위해 변장을 한 것이다. 그는 매국노 아버지와 드잡이를 하다가 뒤에서 공격한 일본인 자객에게 살해당한다.

손탁 호텔은 정말 위험한 곳이다!

깔끔하게 차려입은 그는 이전보다 훨씬 잘생기고 우아해 보인다. 여자 스태프들이 환호를 보내자 그는 무대에서처럼 거창하게 인사를 했다. 환호가 계속 이어지자 그는 손으로 한 번 신호를 하더니 멋진 바리톤으로 노래를 한 곡 불렀다. 나중에 알았는데 그 노래는 〈지킬 앤 하이드Jekyll & Hyde〉라는 뮤지컬에 나오는 곡으로 한국 사람들이 정말 좋아해서 그냥 한국 노래처럼 여겨지고 있다고 한다. 유튜브에서 검색해보면 〈전격 제트 작전Knight Rider〉의 데이비드 하셀호프가 부른 게 나온다.

챙 넓은 모자와 하얀 옷을 입은 남자들이 갑자기 늘어났다. 우선 이인기가 있고 시골 애국자와 매국노의 스턴트 더블이 한 명씩 더 붙었다. 비슷한 체격의 다섯 명의 남자가 똑같은 옷을 입고 돌아다니는 걸 보니 좀 헷갈린다. 특히 김호태와 그의 스턴트 더블은 신기할 정도로 닮았다. 내가 한국인들의 얼굴을 제대로 구별할 수 없어서 더 그런 건지도 모르지만.

도 감독이 남자들의 헤어스타일에 대해 설명해주었는데 반쯤 잊어버렸다. 영화의 배경이 되는 1903년은 한국 정부가 앞장서서 남자들의 긴 머리를 강제로 자르던 때였다고 한다. 그게 그들에겐 현대화의 과정이었다고 한다. 이해가 잘 안 된다. 하여간 이들이 머리를 자르지 않은 것에는 캐릭터와 연결된 의미가 있다는 것인데, 나중에 다시 한번 설명을 들어야겠다.

트레일러 앞에서 이인기와 마주쳤다. 그는 좀 취한 것 같았다. 자기 관리에 철저한 사람이라 이 광경은 좀 낯설었다. 걱정이 있나 보다. 내가 상관할 일이 아니지만.

2017년 1월 14일 토요일 오후 11시 11분

도 감독과 스태프 몇 명, 배우 몇 명이 시위를 하러 서울에 갔다. 플러싱 공주는 콘서트 때문에 베트남에 갔다. 다음 주엔 홍아린이 우유 광고를 찍으러 잠시 이곳을 떠난다.

2017년 1월 18일 수요일 오후 1시 12분

이인기가 죽었다!
영화 이야기를 하는 게 아니다. 진짜로 죽었다!
어떻게 된 거냐고? 전에 내가 교수대라고 말한 방을 기억하는가? 거기에 있던 올가미에 목을 맨 것이다!

시체는 오늘 새벽에 이인기의 매니저가 발견했다고 한다. 나는 세트장에 도착해서 경찰차가 와 있는 걸 보고 사건에 대해 알았다. 나랑 플러싱 공주가 떠난 지 얼마 되지 않아 목숨을 끊은 모양이다.

당연히 모든 촬영은 중단됐다. 세트장은 범죄 현장이 됐다. 배우들, 스태프들은 어수선한 얼굴로 세트 주변을 방황하고 있다. 그 와중에 도 감독은 이상하게 덤덤해서 오히려 걱정이 된다. 홍아린은 한 시간 전에 광고 촬영장에서 도착했는데, 이야기를 듣자 정말 마네킹처럼 얼어붙었다. 스태프들은 홍아린을 아버지를 잃은 딸처럼 대우하고 있다. 요 며칠 동안 이인기가 그녀를 어떻게 대했는지 다들 알면서도. 드라마의 이미지를 지우기가 그렇게 힘들다.

사고 때문에 누군가의 생일 파티가 흐지부지 끝났는지, 스태프 한 명이 나에게 케이크 조각을 하나 주어서 그걸 점심 대신 먹으며 형사들이 부를 때까지 기다리고 있다. 말린 라임을 얹은 레몬 머랭 케이크인데, 내가 이 나라에 와서 먹은 것 중 가장 맛있다.

2017년 1월 18일 수요일 오후 8시 44분

형사들 앞에서 진술을 했다. 영화 속에선 여러 번 겪은 상황이지만 진짜로는 처음이다. 모든 게 초현실적이다. 잠시 지금의 내가 추리 영화 속 조연 캐릭터가 아닌가 하는 생각이 들었다.

형사는 두 명이었다. 한 명은 머리가 벗겨지기 시작한 추레한 중년 남자였고 다른 한 명은 깔끔한 양복 차림의 젊은 남자였다. 젊은 남자는 미국식 억양을 힘주어 흉내 내며 정확한 문장의 영어를 구사했다.

나는 중요한 증인이었다. 나는 플러싱 공주와 함께 오늘 새벽 12시 반쯤에 세트를 떠났고 그때까지만 해도 이인기는 살아 있었다. 매니저가 온 게 1시쯤이니 삼십 분 사이에 죽은 것이다. 만약 이게 자살로 위장한 살인 사건이라고 해도 우리 둘은 서로에게 알리바이의 증인이 될 수 있다.

젊은 형사는 그의 상태가 어땠냐고 물었고 나는 좀 불안해 보였다고 말했다. 며칠 전부터 술을 마시는 거 같았고 어제는 특히 우울해 보였다고 말했다. 물론 이유는 알 수 없었고.

형사들은 모두 친절했다. 아니, 친절함을 넘어 거의 미안해 죽으려고 했다. 그들은 (세자르와 베를린에서 여우주연상을 한 차

레썩 수상한) 외국인 손님 앞에서 이따위 사고가 일어난 것을 도저히 용납할 수 없는 모양이었다.

2017년 1월 20일 금요일 오후 6시 25분

스크립터로부터 이 사건과 관련된 루머를 들었다.

지금까지 나는 촬영장의 스태프들과 거의 어울리지 못했다. 하지만 촬영이 중단되고 시간이 남자 국경을 초월한 연대 의식이 생겨났다. 정신을 차리고 보니 나는 모두 여자로만 이루어진 작은 무리에 끼여 종이컵에 담긴 맥주를 마시고 있었다. 알코올의 힘 때문인지 더 이상 그들은 내가 함께 있는 게 어색하지 않은 것 같았고 사방에서 지구 공통어, 그러니까 브로큰 잉글리시가 자연스럽게 흘러나왔다.

하여간 스크립터 말에 따르면 최근 남한의 트위터에서는 영화계의 성폭력이라는 해시태그가 돌았다고 한다. 성범죄 가해자로 추정되는 몇몇 사람의 이름이 조심스럽게 언급되었는데 그중 한 명이 이인기였다. 소문은 아주 구체적이었다. 삼 년 전 그가 고등학교 교사로 나온 영화에서 학생 역을 맡았던 배우가 이인기의 성폭행 사실을 밝힐 준비를 하고 있었고 이인기와 그의 장인에게 고용된 변호사들이 이를 막으려

하고 있었다는 것이다. 스크립터가 휴대전화로 그 배우의 사진을 보여주었는데 정말 어려 보였다. 삼 년 전에는 더 어렸을 게 아닌가.

"그래도 자살할 사람은 아니지 않나요?"

은근슬쩍 끼어든 갈리나 아자로바가 매운 양념을 바른 말린 생선을 씹으며 말했다.

"하긴 아내나 장인이 사람을 고용해서 죽였을 수도 있겠죠? 그게 더 그럴싸할 거 같아요."

스크립터가 말했다.

나도 잠시 생각해봤지만 너무 비현실적인 아이디어였다. 일단 우리가 떠난 뒤로 세트장에 들어온 사람은 없었다. 세트장이 외진 곳에 있어서 낯선 차가 여기까지 왔다면 분명 눈에 뜨였을 것이고 경찰도 알았을 것이다.

나는 상자에 쭈그리고 앉아 플러싱 공주의 인사를 건성으로 받아주던 이인기의 둥근 등을 떠올렸다. 그게 내가 본 그의 마지막 모습이 될지 어떻게 알았겠는가?

음모론은 수그러들었지만 이야기는 멈추지 않았다. 그들은 한국 영화계에 도는 끔찍한 소문에 대해 이야기했고 나도 답례로 내가 직접 겪고 여기저기에서 들은 비슷한 이야기를 들려주었다. 세상은 이전보다 훨씬 끔찍한 곳처럼 보였지만 우리 속은 조금 후련해졌다.

2017년 1월 22일 일요일 오후 3시 33분

거의 폐인이 되어 빈 소주병과 함께 호텔 방에 나자빠진 도 감독을 설득했다. 이 영화가 완성된다면 나는 일등공신으로 기억되어야 한다.

내 논리는 완벽했다. 처음부터 애국자는 없어도 되는 캐릭터였다. 시골 애국자가 이미 있었고 대사 절반도 그에게서 빼앗은 것이 아닌가. 그는 영화의 전체적인 톤과도 맞지 않았다. 무엇보다 이 영화에 억울한 남자들이 이렇게 많이 나와야 할 이유가 없다. 나는 산세바스티안에서 그가 나에게 들려준 이야기를 재구성해 다시 들려주었고 그는 마음이 동한 거 같았다.

그 순간을 노려 나는 〈파멜라〉 이야기를 꺼냈다. 페랑이 이 영화를 찍을 때를 생각해보라. 주연 배우 한 명이 교통사고로 죽었고 줄리 베이커는 동료 배우와 스캔들이 났다. 그럼에도 불구하고 영화는 만들어졌다. 아마 페랑이 머릿속에 담고 있던 영화와는 좀 다른 모습이었겠지만 그게 그렇게 중요한가? 〈파멜라〉 때와는 달리 이번은 오히려 기회일지도 모른다. 이인기의 스캔들이 촬영을 끝낸 뒤에 터졌다면 어땠을지 생각해보라. 모든 면에서 영화가 더 좋아질 기회다.

도 감독은 점점 평정심을 되찾았다. 나는 그를 침대에서 끌어내 일으켜 세웠고 우리 둘은 텔레비전에 나오는 보이그룹 노래에 맞추어 어색한 춤을 추었다. 지금 생각해보니 민망한데, 그때는 내가 딱 〈싱잉 인 더 레인Singin' in the Rain〉의 도널드 오코너가 된 기분이어서 춤을 추지 않으면 이상할 것 같았다.

2017년 1월 25일 수요일 오전 10시 04분

쇼는 계속된다!

2017년 2월 14일 화요일 오후 4시 18분

드디어 집으로 돌아간다. 내 촬영분은 어제 모두 끝났다. 사람들이 저녁에 송별 파티를 열어주었다. 동료 배우가 죽었으니 너무 기분을 낼 수는 없었지만 촬영장 분위기는 밝았다. 이인기 한 명이 없어지자 남은 사람들 모두가 여분의 활력을 얻었던 것이다.

이 사건의 가장 큰 수혜자는 도 감독이었다. 이인기의 죽음

이후 지금 그는 당당하고 위엄 있는 선장으로 변신했다. 캐릭터 비중이 늘어난 나와 김호태도 수혜자라고 할 수 있을 것이다.

이인기의 죽음은 우울증에 의한 자살로 결론지어졌다. 이후 추가 폭로 소식은 없었다. 스크립터 말에 따르면 폭로를 했다고 해도 손해를 보고 사회적으로 매장당하는 건 그 학생 역 배우였을 것이라고 한다. 남한의 사법 시스템은 성폭행 피해자에게 여러모로 불리하기 때문에.

"그래도 희망이 있지 않겠어요?"

스크립터가 말했다. 아니, 이제 여기서부터는 이름을 불러야겠다. 그녀의 이름은 한주안이다. 아까 유튜브로 그녀가 감독한, 생일을 맞은 어린 소녀가 주인공인 팔 분짜리 단편을 보았는데 정말 아름다웠다.

단편이 시작되기 전에 우유 광고가 떴다. 하이디처럼 차려입은 홍아린이 CG 암소들 사이를 깡총거리며 뛰어다녔다. 그녀는 이인기가 죽는 날 밤까지도 이걸 찍고 있었으니 광고 자체가 알리바이 증거인 셈이다.

2017년 5월 24일 수요일 오전 3시 15분

이상한 생각이 며칠째 내 머릿속을 맴돌고 있다.

그건 케이팝 그룹 FTL의 리더이고 배우인 에벌린 최가 한류 스타 이인기의 살인범이라는 것이다.

잠시 과거로 돌아가보자. 내가 추리소설의 화자였다면 몇 달 전에 상세히 기록했을 1월 18일 새벽으로.

세트장은 어둡고 텅 비었다. 잃어버린 엘레나 페란테의 책을 찾으러 들어온 나는 여기저기 놓인 가짜 복도 사이를 방황한다. 마침내 책을 찾아 코트 주머니에 넣은 나는 반짝이는 아이스크림콘처럼 생긴 하늘색 물체가 찰랑거리는 오르골 소리를 내며 계단을 굴러 내려오는 것을 본다. 집어 든다. 투명 플라스틱 돔 안에서 작은 UFO가 뱅글뱅글 돌고 있다. 그것이 FTL의 팬들이 콘서트에서 흔드는 응원봉이라는 사실은 나중에 알게 된다. 새 디자인의 응원봉이 그날 나왔고 그녀도 하나 받은 것이다.

딱 다리오 아르젠토의 영화에나 나올 법한 상황이지만 호기심이 동한 나는 2층 세트로 이어진 계단을 오른다. 2층 복도, 그러니까 이인기의 교수대로 이어지는 문 바로 앞에 플러싱 공주가 주저앉아 있다. 그녀는 쏟아진 물건들을 백에 쑤셔 넣고 있다. 나는 응원봉을 내밀고 그녀는 그것을 백 안에 넣는다.

우리는 계단을 내려온다. 아이폰의 플래시 라이트를 켜고 문을 찾아가던 그녀는 하얀 옷을 입은 채 나무상자 위에 구부정하게 앉아 있는 남자에게 다가가 한국어로 인사를 한다. 이인기의 익숙한 저음이 돌아온다. 우리는 그를 남겨놓고 밖으로 나간다.

아무 문제가 없어 보였다. 사흘 전에 이상한 기억이 떠오르기 전에는.

그 남자는 플러싱 공주의 인사에 답하면서 '오쎈틱'이란 단어를 섞어 말했던 것이다.

생각해보라. 이인기는 치졸한 남자였다. 그전에 있었던 도브첸코의 성대모사 소동을 잊었을 리가 없다. 그런 그가 플러싱 공주에게 '오쎈틱'이란 단어를 섞어 인사를 할 가능성이 얼마나 될까.

이인기의 목소리는 흉내 내기 쉬웠다. 모두가 그를 흉내 냈다.

무엇보다 플러싱 공주가 그 남자에게 인사를 했는지 어떻게 아는가. 나는 한국어를 거의 모른다. 그녀는 그 남자에게 이인기의 성대모사를 시켰을 수도 있는 것이다.

그 남자가 이인기가 아니라면 누구인가? 세트장엔 내가 이인기로 착각할 수 있는 사람이 최소한 네 명은 되었다. 모두 비슷한 체격에 비슷한 하얀 옷을 입고 있었다. 그 남자는 그 네 명 중 하나였을까? 내가 그의 등을 지켜보고 있는 동안 이인기는 자기가 만든 교수대에 매달려 있었을까? 그는 죽어 있었을까, 아니면 살려고 발버둥 치고 있었을까?

그 하얀 옷을 입은 남자는 공범이었을까? 아니다. 그렇다면 '오쎈틱'이라는 단어를 쓰지 않았을 것이다. 어쩌다가 플러싱 공주의 즉흥적인 알리바이의 도구가 된 평범한 아무개였을 가능성이 더 높다.

나는 플러싱 공주가 술에 취한 이인기의 목에 올가미를 거는 광경을 상상한다. 그녀의 키는 170센티미터 초반으로 힐을 신으면 이인기와 비슷하다. 술에 취한 남자의 목에 올가미를 걸어 바닥이 없는 쪽으로 미는 건 어렵지 않은 일이다.

나는 내 진술을 머릿속에 되살린다. "세트에 있다가 나오면서 이인기 씨를 보았어요. 술에 취한 거 같았고 우울해 보였습니다." 흐릿하기 짝이 없었고 사실도 아니었다. 난 그때 본 걸 이야기하는 대신 지난 며칠 동안 내가 이인기에게 받았던 인상을 이야기했다. 형사들은 나에게 깊이 묻지 않았다. 손님이었으니까. 영어로 다시 묻는 건 귀찮은 일이니까. 만약 내가 정확한 대답을 했어도 플러싱 공주는 얼마든지 그 대답의 의미를 조작할 수 있었을 것이다.

형사들은 그 남자를 심문했을까? 심문했다면 그는 뭐라고 말했을까? 애벌린 최와 그 이상한 이름의 외국인 배우가 나가는 걸 보고 따라 나갔습니다. 몇 시였는지는 잘 기억이 안 나고 이인기도 못 보았습니다. 플러싱 공주의 진술에서 남자는 존재했을까? 존재했어도 별 의미는 없었으리라. 아, 저희가 나가기 전에 세트에 스턴트 더블 한 명이 더 남아 있었어요.

형사들은 내가 본 이인기와 스턴트 더블을 연결시키지 못했으리라. 그들은 나에게 이인기가 당시 살아 있었냐고만 물었지, 그가 세트장 어디에 있었느냐고는 묻지 않았다.

그런 걸 왜 알아야 하는가. 추리소설도 아닌데.

2017년 5월 24일 수요일 오후 7시 01분

말도 안 되는 소리다! 앞에 한 말은 다 취소다! 새벽 3시엔 저 소리가 그럴싸하게 여겨졌다. 하지만 에벌린 최가 왜 이인기를 죽이는가? 두 사람은 이 영화로 처음 만났고 같이 연기하는 장면도 없다. 재수 없는 불리라서? 강간범이라서? 아니,

그녀는 그렇게 정의로운 미치광이가 아니다. 그냥 그 나이 또래 연예인다운, 고생 없이 자란, 사람 좋고 얄팍한 부잣집 딸에 불과하다. 내가 그것까지 잘못 보았을 리가 없다.

추리소설을 너무 많이 읽었다. 진짜 세계 사람들은 그렇게 행동하지 않는다.

하지만 추리소설의 독자는 어떨까? 나는 그녀가 쉬는 시간에 루이즈 페니의 아르망 가마슈 시리즈를 연달아 읽는 걸보았다. 그녀가 열성 추리소설 독자라고 생각해보자…….

아니, 그만두자. 이러다 내가 미칠 것 같다.

2017년 5월 30일 화요일 오후 1시 21분

어제 플러싱 공주의 인스타그램을 팔로했다. 그녀는 세계곳곳을 돌아다니며 브이 자 모양으로 벌린 손가락을 얼굴에 댄 셀피를 찍는다. 나는 케이팝 사이트에도 들어가봤다. 한달 전 그녀가 같은 소속사 보이그룹 멤버와 '뜨거운 사랑'을 하는 중이라는 루머가 터졌는데, 다섯 시간 만에 '오빠와 동생처럼 친한' 사이라는 해명이 떴다. 오늘 아침 플러싱 공주는 내 인스타그램 계정을 팔로했고 이것도 뉴스가 되어 아까 케이팝 사이트에 떴다.

세상은 이전처럼 평범하게 돌아가고 있다. 이인기가 없는 것만 빼면.

2018년 1월 18일 목요일 오후 11시 09분

오늘 서울에서 〈그 겨울, 손탁 호텔에서〉의 언론 시사회가 있었다. 나는 도 감독, 배우들과 함께 영어 자막을 넣은 버전을 상영하는 작은 관에서 영화를 보았다.

영화는 괜찮게 나왔다. 내 취향엔 여전히 지나치게 감상적이고 애국적이다. 하지만 이 영화는 내가 산세바스티안에서 상상했던 영화와 생각보다 많이 닮기도 했다. 프랑수아 페랑이 세상을 뜨기 이 년 전 나에게 한 말이 생각난다. "영화는 타협 속에서 만들어지는 예술입니다. 완벽한 영화는 머릿속에만 존재하지요." 당시 그가 시나리오를 쓰고 있던 자동 도로 발명가의 이야기는 끝내 영화로 만들어지지 못했다.

내가 한국어를 하는 장면에서 몇몇 관객이 웃음을 터뜨렸다. 각오했던 일이다. 그래도 영화 속 내 한국어는 갈리나 아자로바의 프랑스어보다 백 배 나았을 게 분명하다.

영화는 이인기에 대한 어떤 언급도 하지 않았다. 하지만 그가 생전에 나와 같이 찍은 장면 중 뒷모습 두 개는 남아 있었다. 영화는 그게 김호태라고 우겼다. 기분이 이상했다. 오늘이 그가 죽은 지 꼭 일 년째 되는 날이라 더욱 그랬다.

큰 상영관에서 열린 다소 내용 없고 지루한 기자 간담회를 마치고 주차장으로 가던 나는 촬영 기자들 사이에 섞여 있던 한주안과 마주쳤다. 우리는 그 후 있었던 미투 운동의 열풍과, 카트린 드뇌브와 기타 늙은이들의 한심한 반응에 대해 이야기했다. 한국 영화계의 성폭력 해시태그 운동은 미투 운동으로 연결되었는가? 그녀는 고개를 저었다. "여기는 할리우드가 아니에요. 그렇게 쉽게 풀릴 리가 없어요." 미투 운동보다 한참 앞선 성폭력 해시태그 운동은 역풍을 맞고 한동안 주춤한 모양이었다.

이야기를 마치려는데, 플러싱 공주가 촛불이 꽂힌, 레이스 장식 모자처럼 생긴 예쁘장한 핑크색 케이크를 들고 밴에서 나왔다. 사람들은 박수를 쳤고 〈해피 버스데이 투 유〉를 불렀다.

"누구 생일인가요?"

내가 묻자 한주안은 몰랐느냐는 듯 대답했다.

"홍아린 씨 생일이잖아요. 작년에도 이벤트를 하려고 했는데, 하필 그 사람이 죽어서……."

나는 케이크 촛불을 불어 끄는 홍아린과, 예쁜 얼굴에 어울

리지 않게 못생긴 표정으로 웃고 있는 플러싱 공주를 번갈아
보았다. 그와 함께 이인기의 구역질 나는 얼굴과 17일 밤 촬
영 스케줄도 없는데 뜬금없이 세트장을 찾았던 플러싱 공주
의 상기된 얼굴, 정말로 맛있었던 레몬 머랭 케이크가 동시에
머릿속에서 떠올랐고 마지막 퍼즐이 맞추어졌다.

　생일 선물이었구나.

돼지 먹이

제1장

너의 이름은 매키트릭이야. 존 매키트릭.

지난 삼 년 동안 넌 홀로 퍼거슨 & 매키트릭 탐정사무소를 운영해왔어. 지방검사 사무실에서 쫓겨난 너를 받아주고 이 년 동안 같이 일했던 동료 에드 퍼거슨은 삼 년 전 보험사기꾼을 쫓다가 건물 옥상에서 떨어져 죽었지만, 너는 그 이름을 지우지 않았지.

너는 지금 샌프란시스코 외곽에 있는 발데스 저택에 와 있어. 발데스 가문은 아직도 샌프란시스코 여러 지역에 이름이 남아 있는 오래된 집안이야. 20세기 들어 집안 남자들에게 온갖 불운이 닥쳤지만, 여전히 무시할 수 없는 사람들이지.

디에고 발데스 노인은 서재 구석에 놓인 안락의자에 앉아 너를 올려다보고 있어. 오 년 전까지만 해도 당당하기 짝이 없던 체구는 병과 아들의 죽음을 연달아 겪은 뒤로 풍선처럼 쪼그라들었지. 실제 나이는 예순일곱 살이지만 여든이나 아흔처럼 보여. 눅눅한 냄새를 풍기는 그의 늙은 몸은 지금 당장 눈앞에서 해체되어도 전혀 이상하지 않아.

"베라가 사라졌어."

노인이 말해.

너는 베라가 누군지 알아. 이 년 전 멕시코 국경 근처의 버려진 오두막에서 머리가 반쯤 날아간 후안 발데스의 시체를 발견해 보상금을 챙긴 뒤로 이 가문 일을 맡아서 해왔으니까.

베라는 베라 드미트리예브나 라주모프스카야야. 삼촌인 그리고리 일리치 라주모프스키와 함께 3년 전 샌프란시스코에 온 러시아 망명객이지. 두 사람은 발데스 노인과 친구가 되었지만, 그리고리 삼촌은 갖고 있던 귀중품들을 하나씩 발데스 노인에게 넘기고 받은 돈을 도박으로 날리다가 그냥 사라져버렸어. 홀로 남은 베라는 발데스 저택으로 들어가 딸 대접을 받았어. 그 정도면 신원이 수상쩍고 돈 한 푼 없는 젊은 러시아 여자치고는 성공한 거지.

"그냥 간 게 아니야. 라주모프스키 다이아몬드를 훔쳐 갔네."

아, 이야기는 조금 더 재미있어졌어. 너는 보석 전문가가 아니지만 라주모프스키 다이아몬드에 대해서는 어느 정도 알고 있어. 18세기에 인도에서 발견된 거대한 노란 보석. 프랑스와 독일을 거치는 동안 수많은 주인이 불운하게 죽었고 확인된 마지막 소유주는 혁명 때 자살한 블라디미르 블라디미로비치 라주모프스키 장군이었어. 그리고리 삼촌은 자신이 그 라주모프스키 장군의 친척이라고 떠들고 다녔지. 그런데 정말 그 사람이 라주모프스키 다이아몬드를 갖고 있었다고? 이십 년 동안 거지처럼 지내다가 샌프란시스코에 와서야 그걸 발데스 노인에게 헐값으로 팔아넘겼다고?

"진짜인지 확인해보셨습니까?"

네가 묻자 노인은 고개를 끄덕여. 하긴 네가 아는 디에고 발데스가 그런 일을 그렇게 가볍게 처리했을 리는 없어. 노인이 그걸 라주모프스키 다이아몬드라고 믿는다면 그럴 이유가 있음이 분명해.

하지만 넌 아직도 이해가 안 돼. 이 모든 일은 한없이 바보같아 보여. 그게 진짜 라주모프스키 다이아몬드이고 지금 그것이 발데스 노인의 소유라면 제값 받고 팔 수도 없는 보석을 들고 달아나 발데스 노인을 적으로 만드는 것만큼 멍청한 일이 있을까? 베라 라주모프스카야는 왜 그런 짓을 저질렀을까?

상관없어. 너는 너무 늦기 전에 다이아몬드를 찾아오기만 하면 돼. 노인은 엄청난 사례금을 약속했어. 아직도 남은 보석의 진위에 대한 의심을 날릴 정도로 어마어마한 돈을.

제2장

너는 카스트로 극장의 맨 뒤 왼쪽 구석 자리에 앉아 있어.
오백 명에 가까운 사람들이 스크린에 영사되는 콘스턴스 베
넷과 캐리 그랜트의 유령을 넋 놓고 보고 있어.

네가 보고 있는 건 영화가 아니야. 바로 앞자리에서 쪼그
리고 앉아 캐리 그랜트가 실없는 농담을 할 때마다 불안하게
키득거리는 키 작은 남자지. 남자가 극장에 들어오기 십오 분
전부터 너는 그 뒤를 미행했어. 들어가기 전에 잡을 수도 있
었지만 너 역시 다리를 쉴 곳이 필요했지.

영화가 끝났어. 키 작은 남자는 다른 관객들 사이에 섞여
밤거리로 걸어 나왔어. 열 발자국을 걷기도 전에 너는 남자의
왼팔을 잡아. 잔뜩 겁에 질려 뒤를 돌아보던 남자의 얼굴은
너를 보자 조금 풀어져. 너는 콘스탄틴 니콜라예비치 벨킨이
최악의 적이라고 생각하는 부류는 아니야.

콘스탄틴 벨킨은 혁명 이후 베를린과 파리를 떠돌다가 삼
년 전에 샌프란시스코로 왔어. 돈 많은 샌프란시스코 사람들
에게 프랑스어와 브리지를 가르치고 시간이 남으면 체스 게

임을 만들거나 영어와 러시아어로 아무도 출판해주지 않는 음란한 소설을 써. 그동안 몇몇 수상쩍고 불쾌한 일에 말려들었는데, 거기에 대해서는 나보다 네가 더 잘 알지.

벨킨이 어떤 사람인가는 중요치 않아. 중요한 건 벨킨이 샌프란시스코의 러시아 망명객들에 대해 빠삭하고 죽은 후안 발데스와도 친구 사이였다는 거야.

너는 벨킨을 차에 태워 롬바드 거리에 있는 네 아파트로 데려와. 네가 건넨 위스키가 든 잔을 받아들고 소파에 조그맣게 웅크리고 앉은 러시아인은 창밖으로 어렴풋이 보이는 코이트 타워를 멍한 눈으로 응시하며 상황을 설명하는 너의 얼굴을 외면해.

"라주모프스키 다이아몬드? 정말 그걸 믿어?"

이야기가 끝나자 벨킨은 흠잡을 데 없는 영국 억양으로 말해.

너는 발데스 노인이 제시한 사례금이 얼마인지 말하고, 벨킨은 네가 그랬던 것처럼 조용히 수긍해버려.

하지만 그렇다고 그리고리 삼촌과 베라의 정체까지 믿어야 한다는 말은 아니지.

"그 사람들이 사기꾼이라는 건 당신도 알지? 라주모프스키라니 어이가 없지. 파리와 베를린 이야기도 다 지어낸 거야.

그 동네 러시아 망명객 집단이 얼마나 좁은지 알아? 난 한 번도 그 사람들에 대해 들은 적이 없다고. 그리고 그리고리는 몰라도 베라는 우랄산맥 서쪽으로는 가본 적도 없을걸?"

"러시아인이 아니란 말이야?"

네가 물어.

"러시아인인 건 맞아. 하지만 사투리 흔적이 남아 있어. 촌뜨기야. 그리고 유럽이 아닌 중국에서 태어났을 거야. 십중팔구 상하이."

"그건 어떻게 아는데?"

"후안 발데스 친구 중에 중국인이 있었잖아. 이름이 뭐더라. 칭. 싱. 어쩌구."

잠시 침묵이 흘러. 벨킨은 네가 흐려진 기억을 되살리고 있다고 생각하겠지.

"그런데?"

"베라와 아는 사이였어. 파티에서 둘이 이야기하는 걸 들었어. 내가 가까이 가려니까 멈추고 모른 척하더군."

"뭐랬는데?"

"몰라. 중국어였으니까. 적어도 그렇게 들렸어."

너는 머리를 굴리기 시작해. 너는 중국에 대해서는 아는 게 없어. 하지만 지금 거기서 뭔가 험악한 일이 일어나고 있다는 것은 알지.

"스파이일까?"

"아닐걸. 그냥 사기꾼일 거야. 아, 그리고 베라에겐 남자가 있었어. 프랑스인 화가야. 반년 전인가 샌프란시스코에 왔는데, 둘이 아고시 서점 안에서 딱 붙어 있는 걸 내가 봤지. 발데스 집안에도 드나들었으니 너도 얼굴을 봤을걸. 로제 플라비에르. 돈 좀 있는 집안 출신인데 흑인 피가 조금 섞였지. 할머니 한 명이 마르티니크 출신이라고 들었어. 잘 보면 티가나. 실력은 별로지만 돈이 있는데 그게 뭐가 중요할까."

"그런 걸 어떻게 다 알아?"

"잘 풀리는 동포가 있으면 이런 건 알아두는 게 좋지. 아, 그리고 이거 알아? 플라비에르는 샌프란시스코를 떠났어. 예술적 영감을 얻는다고 중국으로 갔지. 나 같으면 열흘 전 떠난 홍콩행 골든 보우호 승객 명단을 검토해보겠어."

제3장

보름 뒤, 너는 요코하마에 있어.

벨킨의 정보가 조금 틀렸어. 베라와 프랑스인 화가는 홍콩 대신 요코하마에 내렸고 열차로 도쿄에 갔어. 그리고 둘은 임페리얼 호텔이라는 곳에 머물고 있지. 각각 다른 층의 다른 방을 쓰고 있고. 너는 이 모든 것을 샌프란시스코를 떠나기 전에 알아냈어. 전신 기술과 전부터 알고 지냈던 콘티넨털 탐정소의 뚱보 탐정 덕택이었지. 한동안 콘티넨털 소속이었던 중국계 미국인이 지금 도쿄에 살고 있어.

너는 지금 기진맥진해 있는 상태야. 넌 단 한 번도 네가 이렇게 심한 뱃멀미를 앓을 거라고는 생각하지 못했어. 하긴 멕시코를 제외하면 다른 나라에 가본 적이 없지. 대양을 가로지르는 여행은 난생처음 겪어보는 대모험이었고 넌 배 안에 갇힌 며칠 동안 죽는 줄 알았어.

"미스터 매키트릭?"

동그란 안경을 쓴 정장 차림의 빼빼 마른 남자가 네 이름을 부르며 모자를 흔들어. 넌 뚱보 탐정이 준 사진으로 남자의 얼굴을 알아봐. 지미 첸. 베라의 거처를 대신 알아낸 중국인이야. 남자는 자기가 타고 온 낡은 포드 차 안에 너와 짐을 밀어 넣어.

너는 흔들리며 달리는 자동차의 왼쪽 조수석에 앉아 네가 막 도착한 나라를 훑어봐. 종이로 접은 것 같은 작은 목조건물들과 유럽식 석조건물들이 네가 알 수 없는 규칙 속에서 뒤섞이다가 진흙물이 고인 논들로 바뀌어. 해가 지고 있었지만,

날은 후텁지근하고 네 몸은 오래전에 땀으로 흠뻑 젖었어.

지미 첸은 운전하는 동안 계속 떠들어댔지만, 비몽사몽 상태인 너는 그 대부분을 흘려버려. 첸이 베라와 프랑스인 화가를 어떻게 찾아냈는지, 네가 올 때까지 그들을 어떻게 미행하고 그 일거수일투족을 어떻게 감시했는지. 대부분 쓸데없는 정보야. 네가 알 필요가 있는 건 베라가 여전히 그 호텔에 머물고 있다는 사실뿐이야.

저녁 9시를 넘긴 뒤에야 네가 탄 차는 도쿄에 도착해. 휘청거리며 차에서 내린 너는 네가 머물 호텔을 올려다봐. 크지는 않지만 우아하고 날렵하게 지어졌고 안은 깔끔해. 지미 첸은 너를 3층 방으로 안내하고 떠나.

너는 샤워를 하고 샤워 가운을 입은 채로 침대에 누워. 밤이 되었지만 호텔 방은 여전히 후텁지근해. 간신히 잠이 든 너는 꿈을 꿔. 베라와 디에고 노인과 지미 첸이 일본어로 떠들어대며 끝없이 이어지는 나선 계단을 오르고 있고 너는 헐떡거리며 그들의 뒤를 쫓고 있어.

너는 잠에서 깨어나. 그동안 비가 내렸고 배 안에서부터 지긋지긋하게 너를 따라다니던 더위는 조금 수그러들었어. 샤워와 면도를 하고 새 옷으로 갈아입고 흔들리지 않는 땅에 서니 다시 정상적인 인간으로 돌아온 기분이야.

늦은 아침을 먹고 로비에서 《더 재팬 타임즈 앤 메일》을 읽으며 기다리고 있자니 지미 첸이 나타나. 너는 맑은 정신으로 상황을 검토해. 화가는 이틀 전 수채화 도구를 챙겨 들고 도쿄를 떠났어. 베라는 호텔에 남았고 오후에 영화나 연극을 보러 외출해. 첸은 이미 호텔 메이드 한 명을 매수해놨어. 오늘도 베라가 오후 외출을 나가면 방을 털어보는 거지.

너는 지미 첸과 함께 여행자용 지도를 들고 호텔 밖으로 나와. 드디어 넌 맨정신으로 어제 도착한 도시를 봐. 낯선 문자가 그려진 간판을 걸고 있는 신식 건물들과 그 사이를 분주하게 지나가는 표정 없는 동양인의 행렬. 넌 마치 걸리버가 된 기분이야. 정상성이 뒤집혔어. 너는 여기서 낯선 짐승이야.

너와 지미 첸은 지도를 따라 임페리얼 호텔까지 걸어가. 여섯 블록 떨어진 곳에 있는 그 호텔은 엎드린 공룡처럼 거대해. 너는 베라가 머무는 방의 위치와 호텔 주변 지형지물을 확인해. 그리고 다시 호텔로 들어가 로비 구석에 앉아.

오후 5시가 조금 지나자 베라 라주모프스카야가 내려와. 네가 기억하는 것보다 조금 더 키가 큰 것 같고 발데스 저택에서보다 살짝 화려한 차림이야. 하지만 여전히 멋없는 도서관 사서 안경을 쓰고 있고 주눅 든 표정도 그대로야.

베라가 떠나자 너와 첸은 베라의 방으로 올라가. 두 시간 동안 치밀한 수색이 진행돼. 하지만 허탕이야. 양탄자 밑에서부터 천장 전구까지 뒤졌지만 라주모프스키 다이아몬드는 이곳에 없어.

그럼 어디에 있을까? 호텔 바깥 어딘가에 숨겼을까? 프랑스 화가가 갖고 있을까? 아니면 베라가 들고 간 낡은 핸드백 안에 들어 있을까?

"순서대로 하나씩 확인해보는 방법밖에 없습니다."

방을 나오면서 지미 첸이 말해.

"먼저 숙녀분을 텁시다. 도와줄 사람을 압니다. 내일까지는 모을 수 있어요. 극장에서 돌아오는 길에 해치웁시다. 근처에 작업할 만한 곳도 있어요."

너는 이 중국인이 어쩌다가 콘티넨털 탐정소를 떠났는지, 장거리 전화 속 뚱보 탐정 목소리가 왜 그렇게 불편하게 들렸는지 궁금해지기 시작해. 하지만 다른 방법이 있을까? 너는 빨리 일을 끝내고 이 이상하고 불편한 나라에서 떠나고 싶어. 샌프란시스코로 돌아가 익숙한 익명성을 되찾고 싶어.

지미 첸은 떠나고 너는 로비로 돌아가. 아까 앉아 있던 구석 소파에 자리를 잡고 찌그러진 담뱃갑에 하나 남은 러키 스트라이크 담배를 꺼내 불을 붙여 피우며 베라의 얼굴을 떠올려. 아까 본 베라가 아닌, 이 년 전 발데스 저택 복도에서 처음 마주쳤던 베라. 도서관에서 빌려 온 필리스 벤틀리의 소설을 아기처럼 안은, 커다란 안경 뒤에 겁먹은 표정을 숨기고 있던 열여덟 살 여자아이. 너는 늘 코와 볼이 불그스레했던 그리고리 삼촌의 넓적한 얼굴을 떠올려. 맞아. 두 사람은 전혀 닮지 않았어. 친척이라고 생각했던 것 자체가 어처구니없지. 둘은 어디서, 어떻게 만났을까? 언제부터 이 아무짝에도 쓸모없는 계획을 짰던 걸까? 지금 그리고리는 어디 있을까? 살아 있긴 할까?

11시 2분에 베라가 돌아와. 혼자가 아니야. 스케치북과 여행 가방을 든 남자가 동행이야. 로제 플라비에르야. 돌아오는 길에 만난 걸까? 아니면 처음부터 남자를 만나러 나간 걸까? 남자는 베라를 보며 웃고 있어. 사진만 봤을 땐 잘 몰랐지만 실제로 보니까 흑인 피가 섞인 걸 알겠어. 둘은 허겁지겁 신문으로 얼굴을 가린 네 옆을 지나쳐 엘리베이터 쪽으로 걸어가. 너는 엘리베이터 문이 닫히는 걸 보고 자리에서 일어나.

다음 날 저녁, 지미 첸은 호텔에서 두 블록 떨어진 상가건물 지하실에 너를 데려가. 구석에 쌓여 있는 역한 냄새가 나는 나무통 몇 개와 허름한 여름옷 차림의 다섯 남자를 제외하면 안은 텅 비어 있어. 남자 하나는 어이없을 정도로 커다란 문신을 하고 있고 한 명은 새끼손가락 하나가 없는 것 같

144

아. 지미 첸은 네 귀에도 서툴게 들리는 일본어로 요란하게 인사를 해. 다행히도 문신한 남자는 그럭저럭 괜찮은 영어를 구사해. 아마 지미 첸이 '도와줄 사람'이라고 한 바로 그 남자 겠지.

"숙녀분은 얼마 전에 영화관에 들어갔습니다."

지미 첸이 너에게 말해.

"베티 데이비스와 험프리 보가트가 나오는 영화인데 별로 안 깁니다. 광고, 뉴스 다 합쳐도 두 시간 뒤면 나올 겁니다. 지금까지 숙녀분은 영화관에서 호텔까지 걸어갔고 늘 여길 지나쳤습니다. 식은 죽 먹기죠. 최대한 점잖게 하겠습니다. 저 친구들에게 사진이나 보여주시죠."

너는 지갑에서 베라의 사진을 꺼내 일본인들에게 내밀어. 문신한 남자가 던힐 라이터를 켜서 사진을 밝히고 남자들은 음탕하게 웃어대. 너는 사진을 다시 지갑 안에 넣고 양복 안 에 감춘 콜트 32구경을 만지작거려. 뭐라고 말할 수 없지만, 분위기가 이상해. 너는 이 동양 남자들을 믿을 수가 없어.

째깍째깍 시간이 흘러가. 너는 모퉁이에 놓인 어처구니없 이 작은 나무 의자에 엉덩이를 걸치고 앉아 남자들을 노려봐. 문신한 남자는 라이터를 켰다 끄면서 네 신경을 긁고 있어. 지미 첸은 가로등 빛이 들어오는 창 밑에서 낡은 만화책을 읽고 있어. 나머지 남자들은 번갈아 너를 바라보다 가끔 서로에게 일본어로 뭐라고 지껄여.

한 시간 반이 지나자 남자 둘이 지미 첸과 함께 지하실을 떠나. 한동안 길게 흐르던 침묵은 문신한 남자의 걸걸한 목소리로 깨져.

"어이, 미국인. 이 일로 얼마나 받나?"

"충분히."

"그만한 가치가 있는 일인가?"

막 대답을 하려는데 발소리가 들리고 문이 열려. 너는 입을 반쯤 벌린 채 문 쪽으로 시선을 돌려. 지미 첸과 두 남자가 데려온 건 베라가 아니야. 깔끔한 정장 차림에 더부룩한 머리의 젊은 남자야. 처음 봤어. 아니야, 어딘지 모르게 익숙해. 아, 이 비슷비슷하게 생긴 황인종들.

젊은 남자는 옅은 미소를 지으며 네 앞으로 다가와. 창에서 들어오는 불빛으로 얼굴 반쪽만 푸른 빛으로 희미하게 반짝이고 있어. 너는 필사적으로 저 얼굴을, 저 비슷한 얼굴을 어디서 보았는지 떠올리려 기를 쓰고 있어.

갑자기 쩍 하는 소리가 나고 눈앞이 번쩍거려. 남자가 아무런 예고도 없이 네 뺨을 후려갈긴 거야.

"도쿄에 잘 왔소. 미스터 매키트릭."

남자가 영어로 말해.

그와 동시에 은근슬쩍 네 뒤로 물러나 있던 남자 둘이 갑자기 네 양팔을 잡아. 문신한 남자는 가지고 놀던 라이터를 주머니에 넣더니 주먹으로 네 배를 쳐. 네가 신음을 지르며 앞으로 고꾸라지자 남자들은 너를 문 쪽으로 질질 끌고 가.

문가에 도착하자 너는 몸을 세우고 왼발로 왼쪽 남자의 오른발을 밟아. 남자의 몸이 기우뚱하게 흔들리자 너는 왼팔을 풀고 주머니에서 권총을 꺼내 쏴. 오른쪽 남자가 비명을 지르며 네 팔을 풀어. 양팔이 자유로워진 너는 권총을 잡고 달려오는 남자들을 쏴. 다섯 발의 총성이 울리고 그때마다 지하실은 번쩍거려. 총알이 떨어지자 너는 두 시간 전부터 눈여겨봤던 나무통 옆 쇠지렛대를 들고 달려드는 남자들에게 휘둘러.

오 분 뒤, 지하실은 조용해져. 너는 창가에 쓰러져 신음하고 있는 문신한 남자의 주머니에서 라이터와 담배를 꺼내. 담배에 불을 붙이고 라이터 불빛으로 지하실을 둘러봐. 왼쪽 눈에 총알을 맞은 젊은 남자가 큰 대 자로 쓰러져 죽어 있어. 지렛대에 얼굴을 맞아 피투성이가 된 시체는 지미 첸인 거 같아. 너는 배에 총을 맞고 문가를 향해 기어가는 새끼손가락 없는 남자의 머리를 지렛대로 후려쳐.

요란한 일본어와 함께 차 엔진 소리가 들려. 너는 계단을 올라 건물 밖으로 뛰어가. 지미 첸의 포드 차가 막 모퉁이를 돌고 있어. 그리고 넌 차가 사라지기 직전에 정신을 잃고 뒷좌석에 늘어져 있는 베라 라주모프스카야의 얼굴이 가로등 빛을 받아 하얗게 반짝이는 것을 봐.

너는 다시 지하실로 돌아와. 네가 만든 세 구의 시체를 지나 아직도 끙끙거리며 신음하고 있는 문신한 남자에게 다가가. 넌 남자의 배에 난 총구멍에 지렛대를 쑤셔 넣으며 외쳐.

"말해. 베라를 어디로 데려간 거지?"

남자는 입으로 피를 쏟으며 뭐라고 말하지만 알아들을 수가 없어. 네가 총구멍에 박힌 지렛대를 힘주어 돌리자 남자는 꿀렁거리는 비명을 지르다 피를 뱉고 간신히 대답해.

"게이조. 여자는 게이조로 데려갔어."

너는 지렛대를 뽑아 집어 던지고 짜증 섞인 목소리로 되물어.

"게이조? 게이조는 또 어디야?"

제4장

이틀 뒤, 너는 게이조에 있어.

다시 바다를 건너야 했어. 배에서 내려 덜컹거리는 기차를 타고 또 한참 올라가야 했지. 도쿄는 그래도 이름은 아는 곳이었어. 넌 지금 이틀 전에는 존재하는지도 몰랐던 낯선 도시에 있어.

역에서 내린 너는 주변을 둘러봐. 종종걸음으로 걸어가는 기모노를 입은 여자들, 검은 제복을 입은 군인들, 자전거를 타고 가는 하얗고 헐렁한 옷을 입은 남자들, 전차들, 자동차들, 인력거들, 익숙한 매연을 뿜어대는 굴뚝들과 이상한 냄새를 풍기는 노점 음식들. 도쿄와 비슷하면서도 다른데, 어떻게 다른지 모르겠어. 더 산만하고 시끄럽고 지저분하고. 전체적으로 사람들이 좀 성이 나 있는 것 같아.

미치도록 더워. 도쿄보다 더 더운 것 같아. 네 양복은 이미 땀으로 흠뻑 젖었고 항구에서 짐을 잃어서 갈아입을 옷도 없어. 행인들이 흘낏흘낏 너를 훔쳐봐. 네가 백인이기 때문일까, 네 몸에서 나는 냄새 때문일까.

너는 택시를 잡고 운전사에게 문신한 남자가 죽기 전에 준 수첩에서 뜯어낸 종이를 내밀어. 운전사는 고개를 끄덕이고 차는 출발해. 택시는 역과 백화점과 은행이 있는 도심을 떠나 예스러운 돌담들로 이루어진 좁은 미로로 들어가.

택시에서 내린 너는 지도와 쪽지를 번갈아 보며 위치를 확인해. 지도를 봐도 여기가 맞고. 쪽지에 쓰인 것과 비슷한 글자가 문패에도 새겨져 있어. 문신한 남자의 말이 맞다면, 베라는 돌담 너머에 웅크리고 있는 저 검은 기와집에 감금되어 있어.

이제 무얼 해야 하지? 너도 잘 모르겠어. 담을 넘어 안으로 들어가야 하나? 다음엔? 네 목표는 뭐지? 라주모프스키 다이아몬드? 아니면 베라 라주모프스카야?

"누구십니까?"

투박한 영어가 등 뒤에서 들려. 너는 뒤를 돌아봐. 검은 양복을 입고 중절모를 쓴 키 작은 남자가 너에게 다가오고 있어. 너는 웃음이 터져 나오는 걸 간신히 참아. 조그만 콧수염에서부터 뒤뚱거리는 팔자걸음에 이르기까지, 남자는 채플린과 딱 닮았어. 일본인 채플린. 아니, 여기가 일본이긴 하던가?

"누구십니까? 여긴 제 집입니다만."

남자는 다시 물어.

너는 잠시 망설여. 샌프란시스코에서라면 넌 어떻게든 진실을 감추려고 했을 거야. 하지만 너는 지금 너무 지쳤고 어이가 없고 겁에 질렸어. 채플린은 우스꽝스러운 외모와는 별도로 유럽식 교양인의 분위기를 풍겼고 넌 그게 왠지 모르게 안심이 돼.

"안녕하십니까. 전 존 매키트릭이라고 합니다. 미국에서 온 사립탐정입니다."

너는 최대한 정중하게 보이려 애쓰면서 땀에 젖은 손을 내밀어. 채플린은 잠시 미심쩍은 얼굴로 너의 얼굴과 손을 번갈아 바라보다 가볍게 네 손을 잡아.

"반갑습니다. 전 서영호라고 합니다. 작가입니다. 그런데 무슨 일이신지?"

"전 실종된 러시아 귀족 여자분을 찾고 있습니다. 제가 얻은 정보에 따르면 이곳에 감금되어 있습니다."

채플린은 몸을 앞으로 당겨 네가 내민 쪽지를 꼼꼼하게 읽더니 고개를 흔들어.

"이 집 주소가 맞습니다. 하지만 러시아 숙녀분은 없다고 장담할 수 있습니다. 어젯밤부터 여기 있었는데, 이 집엔 저뿐입니다."

"그 전엔 어디 계셨습니까?"

"친구를 만나러 도쿄에 갔었습니다. 원래는 한 달 정도 더 머물 생각이었지요. 하지만 제 하인의 아버지가 위독하시다고 해서 같이 돌아왔습니다. 하인은 집에 갔고 저 혼자뿐이지요."

남자는 재미있다는 듯 미소를 지어.

"이런 일이 없었다면 이 집은 한 달 동안 비어 있었을 겁니다. 그렇다면 이 사실을 아는 누군가가 이 집을 자기 목적을 위해 사용하려 했을 수도 있습니다. 선생의 의심도 일리는 있습니다. 들어오시겠습니까? 사정을 듣고 싶군요."

채플린은 주머니에서 열쇠를 꺼내 나무로 된 문을 열어. 문을 열자 1930년대식 개량한옥이 눈에 들어와. 물론 너에게 개량한옥이란 아무 의미가 없는 용어지. 개량한옥 이전의 그냥 한옥이 어떻게 생겼는지도 모르니까. 너는 남자를 따라 구두를 벗고 집 안으로 들어가.

너는 채플린이 권한 가죽 소파에 털썩 주저앉아. 남자는 잠시 부엌에 들어갔다가 얼음물이 든 컵을 가져와. 너는 사막에서 막 탈출한 사람처럼 물을 들이켜.

"제가 탐정소설을 씁니다."

채플린이 말해.

"이 나라에 한 세 명 정도밖에 없는 탐정소설 전문 작가지요. 그래서 선생을 만나니 반갑기 짝이 없습니다. 조선 땅에서 진짜 미국 사립탐정을 만날 수 있다고는 상상도 못 했습니다. 괜찮으시다면 무슨 사연인지 들려주시겠습니까?"

너는 이야기를 시작해. 발데스 저택에서 시작해서 도쿄의 지하실에서 끝나는 긴 이야기를. 단지 넌 결말 부분을 각색해. 지하실은 차고로 바뀌었고 넌 아무도 죽이지 않았어.

꼼꼼하게 네 이야기를 들은 남자는 고개를 끄덕여.

"선생 말을 전적으로 믿습니다. 왜 그런지 아십니까?"

채플린은 소파 앞 커피 테이블 밑에서 일본어 신문을 꺼내 중간을 펼쳐 네 눈앞에 들이대. 네가 어리둥절한 표정을 짓자, 남자는 신문 기사를 천천히 읽어.

"'데이코쿠 호텔에서 벌어진 참혹한 살인 사건.' 데이코쿠는 임페리얼이란 뜻입니다. 오늘 아침, 도쿄 데이코쿠 호텔에서 잔인하게 난자당한 시체가 발견되었다. 피해자는 저명한 프랑스 화가 로제 플라비에르이다……."

"뭐라고요?"

"기사에 따르면 사망시각은 전날 오후 4시에서 6시 사이인 것 같다고 합니다. 그 러시아 숙녀분이 호텔을 떠나기 전에 이미 살해당한 것이지요. 더 재미있는 게 있습니다. 플라비에르 씨는 칼에 찔려 죽어가면서 메시지를 남겼습니다. 자기 피를 찍어 정체불명의 도형을 바닥에 그리고 팔로 덮어서 살인범은 보지 못했습니다. 오각형이었다고 하더군요. 위가 좁은 사다리꼴 밑에 정삼각형을 붙인 것 같은 모양이라고 합니다. 다이아몬드 모양 아닙니까. 제가 생각하기에 플라비에르 씨는 살인자가 누군지 몰랐습니다. 하지만 자기가 중요하다고 생각하는 단서를 남기기로 결심했고 그게 다이아몬드였던 것입니다. '나는 라주모프스키 다이아몬드 때문에 죽는다.'"

너는 채플린이 커피 테이블에 내려놓은 신문을 노려봐. 칼로 짧게 그은 것 같은 저 낯선 글자들이 정말로 저 이야기를 담고 있을까? 자칭 탐정소설 작가라는 저 우스꽝스러운 남자가 네가 들려준 이야기를 바탕으로 공상해서 지어낸 것이 아닐까?

네가 뭐라고 생각하건 채플린은 느릿느릿 이야기를 계속해.

"러시아 숙녀분을 납치한 악당들은 이 집이 한동안 비어 있을 거라는 사실을 알고 있었습니다. 그렇다면 적어도 한 명은 제가 아는 사람이거나 그 사람의 지인일 것입니다. 유감스럽게도 저는 아는 사람이 많습니다. 그중엔 수상쩍은 사람들도 있습니다. 저는 탐정소설 작가니까요.

그런데 이상한 점이 하나 있습니다. 이 주소를 주었다는 문신한 남자는 숙녀분이 경성, 그러니까 게이조로 온다는 걸 알고 있었습니다. 그냥 목표가 보석뿐이었다면 이상하지 않습니까? 보석을 빼앗은 뒤엔 숙녀분은 아무 소용이 없었을 텐데요. 그분을 게이조로 데려와야 할 특별한 이유가 있었을 겁니다. 궁금하군요. 혹시 아직도 사진을 가지고 계십니까?"

너는 주머니에서 지갑을 꺼내 베라의 사진을 내밀어. 채플린의 얼굴은 웃으려는지 울려는지 알 수 없는 모호한 긴장

속에서 일이 초 동안 굳어버려.

"이 여자분이 자길 베라 드미트리예브나 라주모프스카야라고, 러시아 망명 귀족이라고 했단 말입니까?"

네가 고개를 끄덕이자, 채플린은 미친 것처럼 웃어대.

"이 사람은 황순옥입니다! 상하이 황과 미치광이 폴란드 여자 사이에서 태어난 사생아란 말입니다!"

제5장

채플린은 옆에 놓인 책장에서 두꺼운 책을 한 권 뽑더니 그 안에서 사진 한 장을 꺼내 커피 테이블 위에 올려놓아. 베라야. 단지 네가 아는 베라보다 다섯 살 정도 어려 보이고 안경을 쓰고 있지 않아.

"십오 년 전 사진입니다. 황순옥은 지금 서른하나, 아니, 당신네 나이로는 서른입니다. 십 년이나 나이를 깎았는데 정말 몰랐습니까?"

"어떻게 베라를 알고 계십니까?"

"먼 친척 됩니다. 상하이 황, 그러니까 황만식의 형이 제 사촌의 장모와 재혼했습니다. 직접 만난 적은 없습니다만."

"그런데도 사진을 가지고 계시는군요."

"조선은 재미없는 땅입니다. 조선 사람들도 재미없습니다. 하지만 황만식과 황순옥은 재미있지요. 탐정소설을 쓰면서 어떻게 이 소재를 무시하겠습니까?"

채플린은 다시 소파에 앉더니 이야기를 시작해.

"긴 이야기입니다. 때는 1905년. 러시아와 일본이 동북아의 주도권을 놓고 전쟁을 벌였습니다. 당시 중국어 역관의 아들이었던 황만식은……."

(종이 넘기는 소리)

어쩌고저쩌고. 더럽게 기네. 대충 줄일게. 황만식은 상하이에 갔다가 거기 정착했는데, 거기서 수많은 중국인, 일본인, 러시아인을 죽이고 부자가 됐어. 그리고 미치광이 폴란드 여자를 만나 동거했는데 여자는 황순옥을 낳다가 죽었어.

"그 여자가 미쳤다는 걸 어떻게 아십니까?"

네가 물어.

"미치지 않고서야 조선 남자의 첩이 되겠습니까?"

채플린이 대답해.

황만식은 딸을 알고 지내던 러시아인 엔지니어에게 맡겼어. 그리고 아내가 기다리고 있는 게이조로 돌아왔고 아들 둘이 태어났어. 황순옥은 상하이에서 과격파 무리와 어울려 지냈고 몇 년 전 상하이를 떠나 홍콩으로 갔는데…… 그 뒤에 끝없이 이어지는 이야기는 아무래도 흐릿한 몇몇 뜬소문을 바탕으로 창작한 탐정소설 작가의 망상 같아. 어떻게 한 사람이 그 짧은 기간 동안 그렇게 엄청난 일들을 연달아 겪을 수 있단 말이야?

"베라가 왜 미국으로 갔다고 생각하십니까?"

"아무래도 돈 때문이 아니겠습니까? 분명 일본 정부를 상대로 뭔가 엄청난 일을 꾸미고 있었을 거고 자금이 필요했을 겁니다. 그리고리는 같은 패거리 동료였겠지요."

"라주모프스키 다이아몬드는?"

"황순옥이 그런 걸 가지고 있었을 리가 없지 않습니까?"

"하지만 디에고 발데스 노인은 그렇게 쉽게 속을 사람이 아닙니다! 그리고 살해당한 로제 플라비에르와 메시지는요?"

넌 겁이 나. 이 모든 게 가짜라면 넌 지금까지 무엇을 쫓고 있었던 거지? 무엇 때문에 사람들을 죽였던 거지? 디에고 발데스는 너에게 사례금을 줄 생각이 있기는 했던 걸까?

바깥이 시끄러워져. 일어나 마당 쪽 미닫이문을 살짝 열고 밖을 내다본 채플린은 고함을 질러.

"달아나요! 여긴 제가 맡겠습니다. 전 유도와 바리츠를 할 줄……."

동양의 신비한 무술이 너를 지켜줄지도 모른다는 희미한

기대는, 채플린이 미닫이문을 열고 들어온 험악한 남자 한 명의 곤봉에 머리를 맞고 큰 대 자로 뻗어버리면서 싱겁게 끝나. 너는 총을 뽑으려 하지만 두 남자가 이미 권총으로 네 머리를 겨누고 있어. 남자 하나가 네 몸을 더듬어 권총을 빼앗고 다른 남자 하나가 네 머리에 포대를 씌우고 두 팔을 묶어. 누군가가 너의 오른팔을 주사기로 찌르고 너는 정신을 잃어.

넌 다시 정신을 차려. 포대는 벗겨졌지만, 의자에 팔다리가 결박되어 있어. 역한 냄새가 나는 창고이고 창밖을 보니 이미 밤이야. 멀리서 꿱꿱거리는 짐승 울음소리가 들려. 여긴 도시가 아니야.

네 눈앞에는 베라 라주모프스카야가 등 없는 의자에 앉아 있어. 이제 안경을 쓰고 있지 않아. 아까 사진을 볼 때만 해도 몰랐지만, 지금은 알겠어. 안경은 베라가 동양계 혼혈이라는 사실을 감추어준 변장이라는 것을.

베라 뒤에는 낯선 동양 옷을 입은 늙은 남자가 앉아 있어. 하얀 턱수염을 길게 길렀고 대머리야. 혼탁해진 눈을 보아하니 거의 장님이야. 노인은 들고 있는 나무 지팡이로 바닥을 툭툭 치고 있어. 그 뒤로는 아까 채플린의 집으로 침입해 너를 끌고 온 남자들이 병풍처럼 서 있어.

"미스 라주모프스카야, 발데스 선생이 찾고 있습니다."

네가 간신히 말하자 베라는 코웃음을 쳐.

"아직도 그 거짓말을 믿고 있었나요? 지금쯤이면 제가 그런 다이아몬드 따위는 갖고 있지 않다는 걸 눈치챘을 줄 알았는데? 이 모든 게 사립탐정 존 매키트릭을 조선으로 데려오려는 음모였다는 걸 아직도 모르겠어요?"

"도대체 왜요?"

"당신이 내 동생을 죽였으니까!"

베라가 짧게 지른 외침과 함께 넌 이 년 전 멕시코 국경 근처에 있던 그 오두막으로 돌아가. 머리가 날아간 후안 발데스 옆에서 총구를 물고 덜덜 떨고 있던 그 중국인. 너는 들고 있던 권총의 탄창이 빌 때까지 중국인의 머리와 배를 쐈어.

"동생은 어차피 죽을 계획이었어. 나에게 유서까지 남겼지. 동생과 후안이 애인 사이라는 것, 두 사람 모두 병적으로 감상적인 바보들이란 걸 알아서 유서를 읽었을 때는 그냥 그런가 보다 했어. 하지만 당신이 발견한 건 후안의 시체뿐이었지. 나와 그리고리가 들짐승에게 뜯어 먹힌 동생의 시체를 찾느라 얼마나 애를 먹었는지 알아? 동생 머리에 박힌 총알의 주인을 확인하느라 얼마나 애를 먹었는지도? 도대체 왜 그런 거야? 어차피 죽을 애를 왜 죽였어?"

"더러웠어! 그냥 더러웠어!"

"그게 전부야?"

너는 고개를 끄덕여. 사실이니까. 너는 네 앞에서 징징거리는 중국인 호모 새끼가 진짜로 더러웠어. 쏴 죽이는 것 이외엔 아무 생각도 안 났어.

베라는 한심하다는 듯 혀를 차. 잠시 달아올랐던 얼굴은 다시 차가워져.

"당신이 동생을 죽이자 일이 어떻게 돌아갔는지 알아? 우린 디에고 발데스를 등쳐먹지 않아도 됐어. 내 구두쇠 아버지가 동생을 죽인 범인을 끌고 오는 사람에게 이만 달러의 현상금을 주겠다고 했으니까. 디에고 노인을 시켜 당신에게 미끼를 던지는 것처럼 쉬운 일은 없었어. 그 영감은 나를 진짜로 좋아하니까. 내가 사기꾼이라는 걸 알면서도 계속 좋아했어.

당신을 도쿄까지 데려오는 건 쉬웠어. 하지만 중간에 일이 틀어졌지. 나만큼 돈이 궁했던 내 다른 동생이 현상금을 노리고 경쟁하고 있었어. 그 녀석을 당신이 죽여주어서 일이 또 쉬워졌고 나는 나를 납치한 동생 부하들을 고용했어. 그리고 당신 현상금은 두 배로 올랐지. 이제 사만 달러야. 그 돈으로 우리가 뭘 할 수 있는지 알아?"

"플라비에르는?"

"도쿄까지 이어지는 단서를 찾기 쉽게 하려고 눈에 뜨이는 사람을 골랐어. 누가 죽였는지는 나도 몰라. 지미 첸과 일당들이 다이아몬드 이야기를 지나치게 심각하게 믿었나 보지. 플라비에르도 내 말을 믿었거든. 그렇게 머리가 좋은 사람이 아니었어.

더 할 말도 없네. 아버지를 소개할게. 아빠, 존 매키트릭이에요."

베라는 너를 돌아다보지도 않고 문을 열고 나가. 아직 궁금한 게 한참 남았지만 너는 영원히 그 궁금증을 해소할 수 없다는 걸 알아.

노인이 일어나 손짓을 하자 남자 하나가 축음기를 켜. 지직거리는 잡음과 함께 감상적인 낯선 노래가 흘러나와. 노인은 지팡이를 짚고 일어나 너에게 다가와. 일어나보니 정말로 키가 커. 넌 동양 남자가 이렇게 클 수 있다고는 상상도 하지 못했어.

노인은 이제 커다란 손으로 네 얼굴을 어루만지기 시작해. 손은 애무하듯 목을 타고 가슴과 배로 내려가. 표적을 확인하자 노인은 오른손을 내밀어. 부하 중 한 명이 번뜩이는 긴 칼을 가져와. 노인은 징그럽게 웃어대며 네 몸에 올라타고는 칼로 네 가슴과 배를 찔러대. 흔들리던 의자는 결국 다리가 부러져 뒤로 나자빠지고 피투성이가 된 너와 노인의 몸은 교미

하는 짐승들처럼 하나로 뒤엉켜.

'원숭이 새끼들.'

너는 생각해.

'더러운 노란 원숭이 새끼들.'

그리고 너는 죽어. 이름도 모르는 나라의 창고 바닥에 쓰러져 네 피와 오줌과 내장의 냄새를 맡으며. 너의 토막 난 시체를 뜯어 먹을 돼지들의 울음소리를 배경으로 깔고 흘러나오는 이난영의 〈목포의 눈물〉을 들으며.

콩알이를 지켜라!

1.

모두 131마리였다. 131마리의 땅콩만 한 고양이들.

피곤한 눈을 비비며 의자에서 일어난 혜정은 세 발짝 뒤로 물러서서 컴퓨터 모니터 위에 바글거리는 고양이들을 바라보았다. 십일 년에 걸친 여정의 끝이었다. '콩알이의 모험' 시리즈의 다섯 번째이자 마지막 책인《콩알이의 집》에서 땅콩만 한 고양이 콩알이는 드디어 자기만 한 고양이들만 사는 섬에 도착한다.

만족스러운 결말이었다. 하지만 말도 안 되는 이야기였다. 저 고양이들은 뭘 먹고 살지? 천적이 없는 저 섬에서 머릿수는 어떻게 통제되지? 하지만 지금까지 '콩알이의 모험' 시리즈를 사주었던 아이들은 그런 생물학적 문제 따위는 신경 쓰지 않을 것이다. 그들은 마지막 페이지를 펼치는 순간 혜정이 한 달 반 동안 고생하며 그린 마지막 두 페이지의 스펙터

클에 압도될 것이다. 희망 사항이 아니었다. 스캔해서 손보기 전 원본 그림을 먼저 본 아이들 17명이 모두 그랬다.

이웃에 어린이집이 있다는 게 이래서 좋았다. 이십 년 넘게 어린이 대상 그림책을 그려왔지만 혜정은 직관적으로 아이들의 세계에 들어가지 못했다. 인터뷰하고 반응을 확인할 수 있는 미래 독자의 도움이 필요했다. 그들이 없다면 혜정은 털 달린 동물들을 잘 그리고 과학적 사실에 지나치게 집착하는 삽화가에 불과했다. 같은 대학을 다닌 과학자 친구들은 그림책에 꼼꼼하게 반영된 미시 세계 물리학 묘사에 감탄하곤 했다. 하지만 어린 독자들을 설득하려면 그것만으론 부족하다.

그렇게 해서 모은 자료들을 정리해 텍스트를 만드는 건 남편 진석의 몫이었다. 전체 이야기를 들려주고 자료를 정리해 넘겨주면 남편을 그것들을 챙겨 들고 꿍얼거리며 1킬로미터 떨어진 곳에 있는 작업실에 들어갔다가 다음 날 저녁에 메일로 완성된 원고를 넘겨주었다. 원래 그곳은 베트남전을 소재로 한 대작 소설을 위해 빌린 곳이었다. 그곳에서 다섯 권의 '콩알이의 모험' 시리즈 원고와 두 권의 책으로 묶인 31편의 단편들, 152편의 주간지 칼럼이 나왔지만, 대작 소설은 나올 기미가 안 보였다.

직접 쓸 생각도 해보았다. 하지만 혜정은 자신의 글 실력을 믿을 수 없었다. 한국어는 제2언어였다. 늘 영어 억양이 전혀 섞이지 않은 정확한 문장을 구사했지만, 거기에는 모어의 자연스러움이 빠져 있었다. 처음 만나는 사람들은 대화 중 신기하다는 듯 말하곤 했다. "책처럼 말하시는군요." 진석은 단 한 번도 그림책 작업에 열의를 보인 적 없었지만, 아내가 준 재료를 가지고 자연스럽고 아름다운 한국어 문장을 만들어낼 줄 알았다. 두 사람이 남긴 5퍼센트의 빈 공간을 채워주는 건 그동안 같이 일해온 이미지스트사의 편집자 김은향의 몫이었다.

컴퓨터를 끈 혜정은 뒤에서 야옹거리는 촐랑이를 안고 아래층으로 내려갔다. 촐랑이의 딸 비비가 텅 빈 밥그릇을 핥고 있었다. 옆에 있는 물그릇도 바닥이 보였다. 혜정은 새 그릇 두 개를 꺼내 사료와 물을 채우고 이전 그릇을 부엌으로 가져갔다. 싱크대 안에는 진석이 남긴 라면 국물이 흥건한 냄비가 젓가락 한 쌍과 함께 뒹굴고 있었다. 거실 텔레비전 옆에 걸린 화이트보드에는 남편 특유의 악필로 '내일까지 작업실'이라고 쓰여 있었다. 혜정은 조용히 욕을 씹으며 설거지를 했다.

설거지를 마치고 시계를 보았다. 8시가 조금 넘었다. 아까까지만 해도 배가 조금 고픈 것 같았지만 설거지 중 허기는 사라져버렸다. 혜정은 사과 한 알과 아몬드 밀크가 든 컵을 쟁반에 담아 들고 거실로 나가 텔레비전을 켰다. 뉴스에서는 언제나처럼 코로나 사태 보도가 나오고 있었다. 지겨워져 유튜브로 돌렸다. 위그모어 홀 채널에 클로에 한슬립의 콘서트 실황 녹화가 떠 있었다. 레퍼토리는 알 수 없었지만 한 시간의 나른한 오락으로 괜찮을 거 같았다.

막 클릭을 하려는데, 전화벨이 울렸다. 혜정을 아는 사람들은 늘 휴대전화로 연락했으니 십중팔구 진석에게 온 전화였다. 리모컨을 내려놓고 수화기를 들었다.

여자 목소리였다. 젊은 여자 목소리. 흐느끼고 떨리는. 뜻을 알 수 없게 뭉개진.

"누구세요?"

혜정이 물었다.

여자 목소리는 다시 웅얼거렸다. 혜정은 참을성 있게 기다렸다. 코 푸는 소리와 기침 소리가 번갈아 들리더니 아까보다 이해 가능한 문장이 이어졌다.

"김진석 교수님 댁인가요?"

"맞아요."

"사모님이세요?"

"네."

"죄송합니다. 제가 남편분을 죽인 거 같아요."

2.

이십 분 뒤, 혜정은 남편 작업실이 있는 건물 앞에 와 있었다.

70년대에 지어진 작고 허름한 3층 건물이었다. 1층엔 십 년 동안 단골이었던 막국수 집이 있었지만, 역병의 시기를 이기지 못하고 결국 문을 닫았다. 2층은 드라마 사극 의상 제작소였는데 직원들은 모두 오래전에 퇴근하고 없었다. 작업실이 있는 3층 창문은 어두웠지만, 블라인드 밑으로 희미한 빛이 새어 나오고 있었다.

주변을 둘러보았다. 파란색 미니 컨트리맨이 남편의 흰색 티볼리 옆에 서 있었다. 이 근처에서는 처음 보는 차였다. 뒤에 초보운전 스티커가 붙어 있었고 운전대 앞에는 유니콘 인형이 앉아 있었다. 3층으로 올라갔다. '콩알이의 모험' 시리즈 2편 《콩알이와 개미 여왕》의 출판사 사은품인 콩알이 스티커가 덕지덕지 붙어 있는 문을 잠시 응시하다 문을 두드렸다.

"최은비 씨? 저예요. 지혜정."

문이 열렸다.

처음 보는 사람이었다. 보통 키에 통통했고 예쁘장했다. 화장기 없는 얼굴은 얼마 전에 막 씻은 것 같았다. 혜정은 마스크를 쓴 채로 안으로 들어와 문을 닫았다. 여자는 울상을 지으며 책상 앞을 가리켰다.

진석의 시체가 퍼팅 패드 옆에 쓰러져 있었다. 옆에는 흉기로 쓰인 골프채와 왼쪽 알에 금이 간 안경이 뒹굴고 있었다. 온갖 잡동사니들이 굴러다니는 지저분한 작업실과 남편의 시체는 은근히 잘 어울렸다.

"왜 절 부른 거예요? 경찰에 연락하지 않고?"

"그래야 할 거 같았어요. 부인이시니까요."

'저 시체의 소유주시니까요' 정도의 의미로 읽혔다.

최은비의 입에서 폭포수처럼 한탄이 쏟아져 나왔다. 혜정은 그 징징거림을 건성으로 들으면서 한 시간 반 전에 있었던 소동을 머릿속으로 재현했다. 저 꽃돼지 같은 여자가 자기를 겁탈하려고 덤벼드는 남편의 머리를 골프채로 후려치는 광경을. 남편이 쓰러지자 배경음악으로 〈루니 튠스〉 주제곡과 만화 효과음이 번갈아가며 들렸다. 진지하기를 거부하는 장면이었다.

"아, 최성천 목사님 따님이시군요? 소설 쓰신다는?"

정리가 됐다. 최은비는 이 년 전에 모 신문 신춘문예에 당선된 남편의 제자였다. 남편이 권해서 단편 연작 두 편을 읽은 적 있었다. 모두 작가 나이 또래 화자가, 구로공단에서 일했던 할머니의 험난한 삶을 재구성해 들려주는 이야기였다. 잘 썼지만 흐리멍덩한 작품들로, 왜 젊은 사람이 자기 이야기를 안 하는 걸까 궁금했던 기억이 났다. 심지어 자기 할머니 이야기도 아니었을 것이다. 최은비는 최성천 목사 부부가 여섯 살 때 입양한 고아였다. 두 사람 관계에 대해 아는 사람은 많지 않았다. 최은비도 박근혜 지지자인 망령 난 광신도가 양아버지라는 걸 밝히고 싶지 않았겠지.

사진보다는 통통해 보였다. 처음에 못 알아본 이유도 그 때문이었다. 최근 들어 갑자기 살이 쪘고 그 때문에 당사자도 그 상태가 불편한 것 같았다. 코로나 시대를 겪으며 운동량이 줄어든 많은 사람이 늘어난 체중 때문에 고민했지만, 그보다는 스트레스성 폭식의 결과 같았다. 요새는 마음의 병으로 하늘하늘 야위어가는 주인공은 옛날이야기가 되어버렸다.

"도대체 왜 그랬어요? 이런 시간에 지 나이 또래 남자가 이런 데에 부르면 위험할 거라는 생각이 안 들었나?"

혜정이 따졌다.

"정말 저러실 줄 몰랐어요. 그런 분이 아니셨으니까요."

"그런 분이 아니긴 뭐가 아니에요? 문학 하는 남자들은 다

똑같지."

"하지만 선생님은 저를 다 이해해주신다고 했어요. 지금까지……."

"누나 젖가슴 주물럭거리는 내용으로 300페이지 소설을 썼던 사람이에요. 그 책 한 권만 젖무덤이란 단어가 56번이나 나온다고. 그런 사람이 그쪽 이야기를 어떻게 받아들이고 소비했을지 정말 상상이 안 가요? 교정 강간이란 단어가 단 한 번도 안 떠오르던가요? 아니, 정말 상의할 사람이 김진석밖에 없었어요? 그렇게 친구가 없나?"

최은비는 어리둥절한 표정이었다. 자신의 미래를 대신 결정하라고 부른 사람이 이렇게 나올 거라곤 전혀 예측하지 못한 모양이었다. 하지만 무얼 상상했던 걸까? "남편 잡아먹은 년아!"라고 외치며 따귀라도 때렸어야 했나?

혜정은 시체의 허리를 걷어찼다. 창피하고 어이가 없었다. 하지만 그보다 걱정되는 건 콩알이였다. 혜정의 머릿속에서 오늘의 사건은 다음과 같이 요약되었다. "'콩알이의 모험' 시리즈의 저자 김진석이 옛 제자를 강간하려다 맞아 죽었다." 동인문학상 수상자이고 제법 인정받는 다섯 권의 단편집과 두 편의 장편을 썼다는 건 전혀 중요하지 않았다. 너는 콩알이를 더럽혔어. 우리 콩알이를. 시리즈 1편으로 라가치 뉴호

라이즌 위너상을 받고,《뉴욕 타임스》올해의 그림책에 두 번이나 선정되고, 15개국 언어로 번역된 국제적 시리즈의 주인공을.

갑자기 강렬한 감정이 솟아올랐다. 그건 혜정이 평생 경험한 감정 중 가장 모성애에 가까운 것이었다. 콩알이를 지켜야 해. 무슨 일을 저지르더라도.

숨이 막혔다. 혜정은 책상 앞 의자에 앉아 마스크를 벗어 집어던졌다. 눈을 감고 천천히 힘을 빼자 몸의 떨림이 멎었다. 오 분 동안 깊은숨을 내쉬자 머릿속이 정돈되고 계획이 섰다.

"이제 어떻게 할 거예요?"

마스크를 다시 쓴 혜정은 몸을 돌리고 물었다.

"경찰에…… 신고…….'

"도대체 왜? 평생 살인범 소리를 듣고 싶어요? 그쪽 잘못도 아닌데? 그리고 최 목사님은 이 사건을 어떻게 생각할까? 그 뒤를 감당할 수 있어요? 자립할 능력은 있어요?"

천천히 고개를 젓던 최은비는 다시 어린애처럼 울음을 터뜨렸다. 혜정은 책상 옆 소파에 뒹굴고 있는 남편의 재킷에서 아이폰을 꺼내 페이스 아이디로 열고 이메일과 통화 내역, 텔레그램 계정을 확인했다.

"의천에 가본 적 있어요?"

울음이 멎자 다시 혜정이 물었다.

"아뇨. 어딘데요?"

"강원도 의천. 의천 호수. 거기 남편 별장이 있어요. 방학 때 가끔 학생들을 데리고 가곤 했는데?"

"몰라요. 처음 들어요."

"주변에 정말 아무것도 없죠. 근처에 펜션 건물을 짓고 있긴 한데, 코로나 때문에 몇 달 동안 공사가 중단되었어요. 집은 호수에 닿아 있고 작은 나무 부두도 하나 있어요. 시체를 그 밑에 두면 한동안 아무도 찾을 일이 없어요. 적어도 경찰이 찾을 때까지는. 그 정도면 이곳과 살인을 연결하는 증거들은 사라져요."

"하지만……."

"그 일에 대해 남편과 상의했다는 걸 아는 사람 있어요?"

"없어요."

"그럼 누가 최은비 씨를 남편 살인범으로 엮을까요? 나도 몇 분 전까지는 남편이 그런 짓을 저지를 사람인지 몰랐는데? 시체가 발견되고 경찰이 살인을 의심한다면 의심받는 건 최은비 씨가 아니라 나예요. 배우자니까요. 하지만 우린 겉으로 보기에 꽤 멀쩡한 부부예요. 동기 따위는 못 찾을걸요."

"하지만 나중에 증거라도⋯⋯."

"우리 둘이 서로에게 알리바이를 제공해줄 수 있어요. 지금 일어난 일보다 훨씬 그럴싸한 이야기를 만들 수 있다고요. 그게 먹히지 않는다면? 그래봤자 원점으로 돌아가는 거죠. 사체유기죄가 추가되겠지만 그래도 책임은 분산돼요. 사람 죽이고 정신이 혼란한 틈을 타 내가 사주했으니까. 그게 최악의 경우예요. 그리고 이 모든 걸 피할 가능성이 있는데 시도도 안 한다고요?"

3.

은비는 덜컥하고 잠에서 깼다.

이 상황에서 잠을 자다니 어처구니없었다. 하지만 은비는 차가 고속도로에 접어들 무렵부터 머리를 얻어맞기라도 한 것처럼 정신을 잃었다. 따뜻한 차 안의 공기 때문이라고 생각했지만 아니었다. 현실 세계의 책임에서 도피하고 싶다는 이유가 더 컸다. 지혜정이 키를 잡은 순간부터 몸은 긴장감을 잃었다. 작업실을 청소하고 김진석의 시체를 티볼리에 싣는 동안에도 은비는 좀비 하인처럼 생각 없이 움직였다.

차는 막 지하차도에서 벗어났다. 은비는 가로등 불빛을 받아 주기적으로 반짝이는 지혜정의 진 시버그처럼 짧게 자른 머리, 마스크 위에서 빛나는 차갑고 단호한 눈을 훔쳐보았다. 살인범을 조수석에 태우고 남편의 시체를 처리하러 가는 중인데도 감정이 전혀 읽히지 않는 얼굴이었다. 은비의 시선은 자연스럽게 근육질의 팔과 하얀 장갑을 낀 남자처럼 큰 손으로 이어졌다. 죽은 남편을 짐짝처럼 가볍게 들어 차에 던져넣은 강건한 몸. 김진석은 생전에 자기보다 훨씬 힘이 센 아내에 대한 엄살 섞인 농담을 늘어놓곤 했다. 지금 보니 그건 단 한 번도 농담인 적이 없었다.

"왜 저에게 이렇게 잘해주세요?"

어리둥절한 은비가 묻자, 지혜정은 덤덤한 목소리로 대답했었다.

"당신을 돕는 게 아니에요. 다 나를 위해 하는 일이지."

은비는 그게 무슨 뜻인지 생각할 여유가 없었다. 막연히 강간 미수범 남편의 시체를 안 보이는 데에 치우고 싶다는 결벽증 때문이려니 짐작했을 뿐이다.

"정말 상의할 사람이 김진석밖에 없었어요? 그렇게 친구가 없나?"

친구는 많았다. 하지만 이 상황에서 속마음을 털어놓을 수 있는 사람은 떠오르지 않았다. 김진석을 떠올린 게, 이 상황에서 같은 나이 또래의 다른 여자들을 떠올리지 못한 게 그렇게 바보 같은 일이었을까? 아무리 생각해도 그건 지난 십여 년 동안 갇혀 있었던 인간관계 안에서 답을 찾을 수 있는 문제가 아니었다. 친구들은 은비를 이해하지 못했다. 이해하는 척 입 발린 말을 해도 속으로는 못했을 것이다. 그걸 모를 수가 없었다.

호수가 점점 가까워지고 있었다. 목적지인 별장과 주변의 펜션 공사 현장도 보였다. 은비는 눈을 크게 뜨고 지혜정이 말한 나무 부두가 어디에 있는지 찾았지만, 아직 보이지 않았다.

차가 멈추었다. 지혜정은 안전벨트를 풀고 시동이 꺼진 차에서 내렸다. 따라서 차 바깥으로 나온 은비는 몸을 부르르 떨면서 주변을 둘러보았다. 그때까지 별장 건물에 가려져 있던 나무 부두와 옆에 정박된 작은 보트가 보였다.

지혜정은 차 뒷문을 열었다. 안에는 김진석의 시체가 두 장의 여름 이불로 포장되어 있었다. 차 트렁크에 시체가 들어갔다는 흔적이 남아서는 안 되기 때문이라고 했다. 증거가 묻어 있다고 해도 물속에 잠겨 있는 동안 흩어져 사라질 것 같긴 했다. 하지만 그걸 어떻게 알지? 아무리 똑똑한 척해도 우리는 아마추어이고 경찰은 전문가인데?

두 사람은 시체를 내려 부두로 질질 끌고 갔다. 힘의 4분의 3 정도는 지혜정이 주고 있었다. 중간에 튀어나온 못에 이불이 걸려 애를 먹었지만 그래도 빠져나왔다. 주변은 컴컴하기 짝이 없었지만 그래서 오히려 안심이 됐다.

부두에서 둘은 이불 포장을 풀었다. 김진석의 시체는 얼굴을 아래로 하고 엎드려 있었다. 등 위에는 흉기인 골프채가 올려져 있었다. 두 사람은 골프채를 치우고 발로 시체를 굴려 부두에서 밀었다.

시체가 단단한 바닥에 부딪히는 둔탁한 소리가 났다.

지혜정은 주머니에서 휴대전화를 꺼내 라이트를 켰다. 시체는 얼음 위에 누워 있었다. 반쯤 뜨인 공허한 눈이 밤하늘의 별을 응시하고 있었다.

은비의 얼굴이 새파랗게 질렸다. 지혜정이 계획을 설명해준 뒤부터 수없이 머릿속에 그렸던 그림이 산산조각 났다. 바보. 12월 강원도 시골에 있는 호수가 얼어붙지 않았을 리가 없잖아.

어둠과 마스크 때문에 표정을 읽을 수 없었지만, 지혜정은 놀라거나 당황한 것 같지 않았다. 은비는 돌처럼 굳은 채 골프채를 들고 부두 밑으로 내려가는 공범자의 뒷모습을 바라보았다. 탁탁탁. 얼음은 생각보다 두껍지 않은 거 같았다.

뒤가 밝아졌다. 은비는 작은 비명을 지르며 뒤를 돌아보았다. 별장 현관 조명등에 불이 들어오고 자물쇠 열리는 소리가 들렸다. 지혜정은 시체를 버려두고 허겁지겁 부두 위로 올라왔다. 앞머리가 벗겨지기 시작한 단단한 체격의 키 작은 남자가 문을 열고 나왔다. 쓰고 있는 검은 마스크 때문에 정확한 나이를 짐작하기 어려웠다. 커다란 손전등이 두 사람의 얼굴을 비추었다. 지혜정은 천천히 앞으로 걸어 나오며 마스크를 벗어 얼굴을 드러냈다.

"누군가 했는데, 제수씨였군요."

희미한 부산 억양이 느껴지는 노인의 목소리였다.

"서울에 가신 줄 알았어요."

마스크를 다시 쓴 지혜정이 말했다.

"확진자가 매일 천 명인데 서울에 나가서 뭐합니까. 짱박혀 있는 게 최고지. 요새는 스마트폰 없이는 식당도 못 들어가잖아요."

"이 기회에 하나 장만하시죠?"

"생각 없어요. 하루 종일 페이스북이나 트위터 같은 거나 노려보고 있는 요새 애들 보면 한심해서. 우리 때는 텔레비전을 바보상자라고 했는데, 요샌 그게 바보상자예요. 그런데 저 분은?"

"소개를 까먹었네. 이미지스트사의 편집자이신 김은향 씨예요."

"그러시구나. 처음 뵙습니다. 이야기 많이 들었습니다. 한동철입니다."

은비는 영문을 알 수가 없었다. 아무도 없을 거라는 별장에서 나온 저 남자가 지혜정을 알고 있다는 게 기분 나빴다. 탄로 날 게 뻔한 거짓말을 늘어놓는 지혜정의 의도도 알 수 없었다. 그리고 김은향이 도대체 누구야? 그 사람을 연기하려면 어떻게 해야 하지?

"계시는지 몰랐어요. 남편은 비어 있다고 했거든요. 일주일 동안 은향 씨랑 머물면서 새 시리즈 연구를 할 생각이었는데. 요새 서울이 무섭기도 하고."

"저런. 일단 들어오세요. 추운데."

한동철은 현관문을 열었다. 은비는 지혜정을 따라 집 쪽으로 이어진 돌계단을 올랐다. 뒷짐 진 지혜정의 손에 쥐어진 골프채가 꼬리처럼 가볍게 흔들렸다. 계단을 오르자 슬쩍 뒤를 돌아보았다. 엄지 부분에 구멍이 난 빨간 양말을 신은 김진석의 왼발이 살짝 보였다. 부두에는 여전히 여름 이불 두 장이 바람에 펄럭이고 있었다. 남자가 저 난장판을 눈치채지 못한 게 맞을까.

거실 안은 깨끗했다. 통나무 벽과 나무 가구는 막 닦은 것
처럼 반짝였고 모든 물건은 자기 자리에 올바른 각도로 놓여
있었다. 유일하게 그 광경을 흐트러트리고 있는 건 검은색 가
죽 소파에 놓여 있는 경제신문뿐이었다.

깨끗했지만 천박하고 시대에 뒤떨어져 있었다. 책장에 꽂
힌 책 중 21세기에 나온 건 거의 없었다. 장식장 안에 깔끔하
게 정리된 청동 장식물들은 관광지 기념품 가게에서 아무 생
각 없이 대충 긁어온 것 같았다. 달마도를 좋아하는지 거실에
만 네 장이 걸려 있었는데 모두 끔찍했다.

잠시 침묵이 흘렀다. 세 사람 모두 마스크를 벗지 않은 채
서로를 바라보며 우두커니 서 있었다. 지혜정의 손에 쥐어져
있던 골프채는 은근슬쩍 사라지고 없었다.

헛기침을 크게 한 번 한 한동철은 소파 옆 전화기의 수화
기를 집어 들고 버튼을 눌렀다. 은비는 남자의 시선을 외면하
며 책장에 시선을 돌렸다. 정비석 《삼국지》 세트, 《김찬삼의
세계여행》, 고우영의 《삼국지》와 《초한지》, 김홍신의 《인간시
장》 세트, 지두 크리슈나무르티의 《굴레에서 해방을》, 오쇼
라즈니쉬의 《배꼽》, 고은의 《화엄경》, 86년 이상문학선집 그
리고 한동철의 《강남야사》 세트.

은비는 지금 수화기를 들고 두 여자를 째려보는 남자가 누

군지 겨우 알아차렸다. 《강남야사》는 제목만 간신히 아는 책이었다. 하지만 1990년대 신문연재소설 베스트셀러였고 선정성과 여성혐오로 악명이 높았다는 건 알았다. 저 사람이 《강남야사》의 저자였구나. 예순은 당연히 넘었고 일흔을 넘겼을지도 모르겠다.

"진석이가 전화를 안 받네요. 어디 갔는지 압니까?"

한동철이 수화기를 내려놓고 말했다.

"모르겠어요. 가끔 연락 끊고 사라지고 그러잖아요. 지금은 그럴 때가 아닌데."

"지금은 다들 그냥 집에 있어야지요."

"생각해보니 그렇네요. 저희도 잘못 생각했어요."

"이미 늦었으니 주무시고 가시죠."

"네, 그럴게요. 은향 씨에게 손님방을 안내해주시겠어요? 가방 가지고 올게요."

얼떨결에 은비는 한동철과 함께 2층으로 올라갔다. 지붕 때문에 한쪽 벽이 기울어진, 침대 없는 정말로 작은 방이었다. 기울어진 벽 쪽에 난 창으로 바깥을 바라보았다. 지혜정이 차에서 뭐가 들었는지 알 수 없는 낡은 가방을 하나 내리고 있었다. 등 뒤의 한동철은 정말 저 가방이 여자 두 명의 일주일 치 짐이 들어가기엔 너무 작다는 걸 눈치채지 못할까? 조금

182

만 고개를 오른쪽으로 돌려도 부두 위에서 펄럭거리는 여름 이불이 보이는데 저게 뭔지 궁금하지 않을까? 은비는 여기서도 김진석의 빨간 양말이 보이는지 궁금했지만 차마 확인하지 못했다.

한동철은 벽장에서 요와 이불을 꺼냈다. 바닥에 까니 문 앞 1미터 정도만 남고 방바닥 전체에 가득 찼다. 가방을 들고 온 지혜정이 남자를 쫓아냈고 곧 방엔 둘이 남았다.

"이제 어떻게 해요?"

은비가 물었다.

"조금 기다려요. 저 사람 잠들면 몰래 빠져나와서 마무리 짓죠."

"하지만……."

"일단 얼음 밑에 넣으면 못 알아차릴 거예요. 좀 쉬어요. 준비되면 내가 깨울게요."

지혜정은 더 이상 질문은 받지 않겠다는 듯 신속하게 퇴장했다. 문이 닫혔고 곧 옆방 문이 열렸다 닫히는 소리가 났다.

은비는 마스크를 벗어 창틀 위에 놓았다. 이거 하나만 갖고 왔는데, 돌아갈 때도 재활용해야 하나? 하긴 오후에 집을 떠날 때만 해도 여기까지 올 거라고는 생각을 못 했다. 그사이에 사람을 죽일 거라고는 더더욱. 이불을 뒤집어쓰고 앉아 눈을 감았다. 자꾸 떠오르는 죽은 김진석의 얼굴을 지우려 했지만, 잘 되지 않았다. 내가《누이의 심장》과《기어가는 남자》의 작가를 죽이다니. 둘 다 그렇게까지 좋아하는 책은 아니었지만 그래도.

따뜻한 이불 속에서 노곤해져 서서히 의식을 잃어가던 은비는 쿵쾅거리는 소음에 정신이 확 들었다. 정신을 다듬기도 전에 문이 확 열렸고 파자마에 패딩을 걸친 대머리 남자가 방으로 뛰어들어 왔다. 남자는 이불을 벗기고 은비의 얼굴을 확인하더니 고함을 질렀다.

"최은비! 네가 최은비야?"

남자는 축축하고 흙이 묻은 손으로 은비를 바닥에 자빠뜨렸다. 은비는 남자를 밀쳐내려 했지만 허사였다. 팔을 사방으로 뻗었지만, 무기가 될 만한 것은 손에 닿지 않았다. 그러는 동안 남자는 침을 튀기면서 뭐라고 외쳐댔지만 뜻을 알아들을 수 없었다.

두서없이 이어지던 고함은 둔탁한 소리와 함께 갑자기 끊겼다. 남자의 눈이 뒤집혔고 입에서 침이 흘렀다. 두 번째 소리가 들리고 상체가 은비의 무릎 위로 툭 떨어졌다. 그 뒤에서는 의기양양한 표정의 지혜정이 피 묻은 골프채를 들고 서 있었다.

은비가 지혜정과 한동철의 맨얼굴을 본 건 그때가 처음이었다.

4.

교회 지하실에서 비밀 구국 기도회를 하다가 코로나바이러스에 감염된 최성천 목사는 집중 치료실에서 "문재앙이 나를 독살하려 한다!"를 외치며 지친 병원 사람들을 귀찮게 하다가 결국 보름 만에 죽었다. 모든 코로나 사망자가 그렇듯 시체는 감염 위험 때문에 즉시 화장되었다. 역시 목사인 아들 둘도 감염되어 병원에 있었기 때문에 장례식은 허겁지겁 조촐하게 치러졌다. 여전히 음모론을 중얼거리는 교회 노인네들이 몇 있었지만, 그들도 그 말을 들어줄 세상이 아니라는 걸 알았다.

은비는 이 행운을 믿을 수가 없었다. 이십 년 가까이 꿈꾸었던 소망이 실제로 이루어졌다. 최 목사가 없는 세상이 왔다. 스스로의 삶을 살 수 있는 기회가 열렸다.

아버지가 한 달만 먼저 죽었어도 김진석은 살아 있었을 텐데.

지하철 빈 자리에 앉은 은비는 아이폰을 꺼내 지난 열흘 동안 수없이 본 기사를 다시 열었다.

강원의천경찰서에서는 90년대 베스트셀러 《강남야사》의 한동철(67) 작가와 《기어가는 남자》로 동인문학상을 수상한 김진석(56) 작가의 시체를 발견했다. 두 사람의 시체는 모두 한동철 작가 자택 근방 의천 호수 부두 밑 얼음 속에 숨겨져 있었다. 지난 1월 8일, 가족으로부터 김 작가의 실종신고를 받은 경찰은······.

이 모든 게 사실일까? 정말 경찰은 이를 강도살인이라고 보고 있을까? 김진석의 차를 의천까지 끌고 간 게 우리라는 걸 정말 눈치채지 못했을까? 정말로 존재하지 않는 가상의 남자 한 명이 두 사람을 골프채로 죽였을 거라 생각하고 있을까? 그게 가장 자연스러운 이야기 같긴 했다. 하지만 정말 그런가?

모든 뒤처리는 자기가 다 알아서 하겠다고 지혜정이 말했다. 은비가 할 일은 같이 두 시체를 얼음 밑에 숨기고 네 시간 동안 산길을 걸어 버스정류장까지 가는 것뿐이었다. 거기서 제천버스터미널까지 갔다가 마스크를 쓴 사람들 사이에 묻혀 서울로 돌아와 작업실 앞에 주차되어 있던 차를 타고 아파트로 돌아가면 끝이었다.

정말 끝인 것 같았다. 그동안 경찰은 단 한 번도 은비를 찾지 않았다. 늘 누군가가 미행하고 있다고 생각했지만, 기분 탓이었다. 애도 기사가 종종 떴지만 험악한 세상의 다른 뉴스 속에 묻혔다. 어차피 대중은 두 사람을 잘 알지도 못했다.

전철에서 내린 은비는 십오 분 동안 걸어 지혜정과 김진석의 집으로 걸어갔다. 작업실은 익숙했지만 집은 처음이었다. 어린이집 옆의 단독주택이고 척 보면 알 수 있다고 지혜정은 말했다. 그 말이 맞았다. 그 골목에서 연립주택이 아닌 건 어린이집과 그 집밖에 없었다. 골목과 어울리지 않게 세련된 2층 건물이었다. 하지만 시선을 끄는 건 옆의 어린이집이었다. 3층 건물 한쪽 벽이 거대한 콩알이 벽화로 채워져 있었다. 조금 더 가까이 가니 뜰에는 1미터 높이의 콩알이 조각상도 하나 있었다. 남자 두 명이 어린이집 맞은편에 새 CCTV를 설치하고 있었다.

은비는 벨을 눌렀다. 문이 열리고 지혜정의 얼굴이 삐져나왔다. 무표정한 얼굴에 해석하기 어려운 미소가 떠올랐다.

집 안은 깨끗하고 아름다웠다. 한국에서는 인테리어 잡지에만 존재할 법한 그런 집이었다. 은비는 편안하게 흐트러져 있던 김진석의 작업실을 떠올렸다. 그 남자는 오로지 방을 어지럽히기 위해 작업실을 빌렸던 것일까? 그곳은 지금 어떤 모양을 하고 있을까? 그 앞에도 CCTV가 있었나? 의천 호수에서는? 기억나지 않았다.

"이렇게 제가 와도 되나요?"

은비가 물었다.

"벌써 잊었어요? 우린 서로의 알리바이잖아요. 남편 소개로 친구가 됐고 그 인간이 죽은 날에도 우린 같이 있었어요. 물을 일도 없지만, 경찰이 물으면 그렇게 말할 거예요. 그리고 아버지 잃은 최은비 씨가 남편 잃은 나를 찾는 것처럼 자연스러운 일이 어디 있어요? 동병상련. 다들 그런 표현을 쓰지 않나요? 차 마셔요? 루이보스티가 있는데."

은비가 고개를 끄덕이자 지혜정은 커피 테이블 위의 전기 주전자를 켜고 티포트와 찻잔 두 개를 가져왔다. 차가 준비되는 동안 싹싹해 보이는 턱시도 고양이 한 마리가 다가와 소파에 앉은 은비의 다리에 몸을 비볐다. 고무나무 화분 옆 낡은 택배 상자 안에 숨은 삼색 고양이는 나올 생각을 안 했다.

"그 집은 별장이 아니었죠?"

찻잔을 받으며 은비가 말했다.

"맞아요. 한동철 집이었어요. 그래도 우리가 별장처럼 쓰곤 했어요. 부인이 오 년 전 암으로 죽은 뒤 여행한다고 집을 자주 비웠거든요. 남편과는 먼 친척이에요. 너무 멀어서 촌수가 별 의미가 없는. 아버지들이 가까웠다고 하는데, 제대로 기억하는지 모르겠어요."

"그 사람이 거기 있었다는 걸 알았고요."

"자기 집인데 당연하지 않나요?"

"그럼 왜 시체를 거기로 가져간 거예요? 그 사람은 어떻게 제 이름을 알았고요?"

지혜정은 한숨을 내쉬었다.

"그 사람은 은비 씨에 대한 거의 모든 걸 알았을 거예요. 왜냐고요?《기어가는 남자》와《누이의 심장》의 저자이고 동인문학상 수상자인 김진석 작가는 지난 몇 년 동안 자기 작업실로 불러들인 여자들을 숨겨놓은 카메라로 찍어왔고 그걸《강남야사》의 저자 한동철과 공유했어요. 알겠어요? 은비 씨의 비장한 고백들은 녹화되어 그 남자들의 딸감으로 쓰였어요. 그래도 작가라고 나름 취향이 고급이었거든. 그 작자들은 노출된 여자 몸만으로는 만족을 못 했어요. 기승전결의 스토리와 캐릭터를 추구했죠. 그 정성으로 소설이나 잘 쓸 일이지.

일 년 전에 알아냈어요. 그 뒤부터 혼자 이혼 준비를 해왔지요. 그냥 간단히 갈라설 수는 없었어요. 남편은 콩알이의 작가였으니까요. 어떤 일이 있어도 남편의 추문으로 콩알이를 더럽힐 수는 없었어요. 남편을 설득해 이 모든 걸 청소할 생각이었어요. 하지만 은비 씨가 그 전에 그 인간의 숨통을 끊어놓았죠. 그 장면 역시 녹화되었다는 걸 알아요? 카메라는 책상 위 부엉이상에 숨겨져 있었어요. 굳이 부엉이를 고른 고상한 이유가 있었겠지만 제가 그걸 굳이 알아야 할까요.

　뒤처리를 직접 할 수밖에 없었어요. 작업실의 카메라와 집의 컴퓨터는 제가 나중에 어떻게 처리할 수 있었어요. 남은 건 한동철이었어요. 스마트폰도 쓰지 않는 기계치 늙은이. 남편이 찍은 동영상은 모두 메모리 스틱에 옮겨져 우편으로 배달되었지요. 그래서 제가 두 사람 연결고리를 알아내는 데에 애를 먹었던 거지만. 만약 남편이 살해당한 걸 알면 그 남자는 어떻게 할까? 한동철은 최은비와 김진석의 연결고리를 알았어요. 이를 밝히기 위해 굳이 자기가 가진 동영상을 끄집어낼 필요도 없었어요. 그냥 전해 들은 이야기라며 경찰에 흘리기만 해도 되었겠지요."

　"그러지 않았을 수도 있었어요."

　"그렇겠지요. 하지만 위험부담이 너무 컸어요. 그리고 그 인간이 동영상 기억을 즐기며 계속 살아가길 바라요?"

　"처음부터 한동철을 죽이러 간 거였군요. 전 미끼였고요."

　"그래요. 은비 씨도, 시체도. 그냥 죽일 수는 없었어요. 반드시 죽여야 할 타당한 이유가 있어야 했지요. 없으면 만들어야 했고. 동영상은 걱정하지 말아요. 하드랑 메모리 스틱 모두 처리했어요. 공범자가 컴퓨터로 고스톱이나 간신히 치는 인간이라 얼마나 다행이었는지."

"저 때문에 한 게 아니잖아요. 콩알이 때문이지!"

"콩알이 덕분에 은비 씨가 지금 경찰서 유치장 대신 여기에 있는 거예요. 왜 고마워할 줄 몰라요?"

"신고할 거예요!"

"어이가 없군요. 그렇게 해서 누가 이득을 보는데요? 무엇보다 이 모든 게 은비 씨에서 시작되었다는 걸 또 잊어버린 모양이네요? 지금이 최선이에요. 저 남자들은 모두 대가를 치렀어요. 피해자들은 안전해졌고 우리는 유치장 대신 지금 이렇게 따뜻한 집 안에서 차를 마시고 있어요. 그리고 콩알이는 계속 사랑받겠지요. 정말 아이들에게서 콩알이를 빼앗고 싶어요?"

"경찰이 증거를 찾아낼지도 몰라요. 우리가 모르고 흘린 뭔가가 있었을 거예요."

"그럴 수도 있겠지요. 하지만 우리 거짓말이 진실보다 더 그럴싸해요. 승산이 있어요."

은비는 씩씩거리면서 지혜정의 논리를 깨보려 했지만 실패했다. 이것이 최선이었다. 더 나은 길도 있었겠지만, 김진석이 골프채에 맞아 죽으면서 사라져버렸다.

지혜정은 마스크를 벗고 덜덜 떨리는 손으로 찻잔을 들어 입으로 가져가는 은비를 덤덤한 표정으로 쳐다보았다. 손님에게 흥미를 잃은 고양이들은 따분한 듯 계단을 타고 2층으로 올라갔고 날은 조금씩 어두워졌다. 은비는 빈 찻잔을 내려놓았고 두 사람의 눈이 다시 마주쳤다.

"혹시 그림책 쓸 생각 없어요?"

지혜정이 물었다.

누가 춘배를 죽였지?

2018년 7월, 부친상 때문에 잠시 한국을 방문 중이던 지민정은 조카가 제작한 영화 〈동창생들〉의 시사회에 초대받았다. 무대에 정장 차림의 남자 여섯 명이 나와 객석의 배급업자들에게 인사를 할 때부터 걱정이 들었는데, 역시 취향이 아니었다.

이런 내용이었다. 고등학교 때 친구인 다섯 명이 있는데, 그중 한 명인 춘배가 죽는다. 장례식에 모인 나머지 네 명은 이런저런 이야기를 나누다가 모두가 춘배에게 나쁜 일을 저질렀고, 자살처럼 보였던 사고가 사실은 네 명 중 하나가 저지른 살인이었음을 알게 된다. 범인은 영화가 끝날 때까지 징징거리다 크레딧이 올라가는 동안 투신자살한다. 젊은 남자들의 억울함에 질펀하게 젖어 있는 영화였고 지민정은 이런 분위기를 감당할 수 없었다.

더 심각한 문제가 있었다. 지민정은 영화 속 남자들을 도통 구별할 수가 없었다. 회상 장면에만 등장하는 춘배는 못생기고 뚱뚱해서 얼굴을 알아볼 수 있었지만, 나머지 네 명은 다 똑같아 보였다. 이들은 현재 장면에서는 모두 검은 양복 차림이었고 회상 장면에서는 모두 교복 차림이었으며 헤어스타일도 체격도 비슷했다. 막 데뷔한 케이팝 보이그룹 같았다. 얼굴을 구별할 수 없으니 내용을 따라가기가 엄청 힘들었고, 영화가 끝난 뒤에도 어떤 배우가 범인을 연기했는지 알 수 없었다. 암담한 경험이었다.

간단히 인사를 하고 대충 도망가려고 했는데, 일이 꼬여버렸다. 정신을 차려보니 지민정은 배우, 감독, 조카와 함께 중국 식당에 있었다. 그 방의 유일한 여자였고 〈동창생들〉 제작과 상관없는 유일한 사람이었다. 몇십 분 전까지만 해도 있었던 다른 사람들은 요령껏 핑계를 만들어 달아났다. 난처하기 짝이 없었다. 장황한 대화가 길게 이어졌지만, 최근에 본 한국 영화가 별로 없어서 이 사람들이 무슨 소리를 하는지도 알 수 없었다. 다들 〈파수꾼〉이라는 영화를 감명 깊게 본 모양인지, 제목이 나올 때마다 일제히 율동하듯 고개를 끄덕이긴 했는데.

슬슬 일어날 준비를 하고 다리에 힘을 주려는데, 갑자기 조카가 쩌렁쩌렁한 목소리로 외쳤다.

"이분이 누군지 알아? 지민정 선배님이셔. 80년대를 주름

잡은 섹시 스타셔! 다른 여배우들이 가슴으로 승부했다면, 고모님은, 그러니까 선배님은 다리로 승부하셨거든?"

상상할 수 있는 최악의 친척 소개였는데, 조카는 이를 눈치 채지 못한 모양이었다. 남자들의 시선은 일제히 지민정의 다리가 있는 방향으로 옮겨 갔지만, 테이블과 청바지가 가로막고 있었다.

"더 놀라운 건 뭔지 알아? 지금 철학자시다? 미국 대학에 교수로 계셔!"

남자들은 아침 방송 프로그램 방청객이 내는 듯한 "우우" 하는 소리를 냈다. 신기하긴 했으리라. 전두환 정권 때 야한 영화나 찍던 여자가 지금은 철학자라니. 하지만 지민정의 행보는 처음부터 끝까지 논리적이었다. 80년대 한국 연예계는 끔찍한 곳이었다. 여자들에겐 더욱 그랬다. 돈 때문에 그곳에서 사 년 동안 갇혀 있다 보니 고깃덩어리가 되는 기분이었다. 무언가 완벽하게 다른 것이 되어야 했다. 당시 지민정에게 철학과 수학은 논리적인 선택처럼 보였다. 원래부터 그쪽이 맞는 사람이었다.

갑자기 옛날 생각들이 떠올랐다. 젊은 여자 연예인에게 파리 떼처럼 달라붙던 그 끔찍한 남자들. 어쩔 수 없이 끌려가야 했던 술자리들. 그때 얽혔던 몇몇 남자는 아직도 죽지 않고 여기저기 보였다. 한 명은 방송국 아나운서였는데, 지금도 머리를 까맣게 염색하고 노인네 대상 프로그램 같은 데에 나온다. 지민정은 그 남자가 당대 최고 스타였던 트로트 가수를 술집 여자처럼 다루며 억지로 노래를 부르게 한 것을, 그 울음 섞인 노래를 들으며 다른 남자들이 낄낄거렸던 것을 아직도 기억했다.

"철학자는 어떤 것을 연구하나요?"

배우 중 조금 똘망해 보이는 남자가 물었다.

"사람마다 다르지요. 나는 인간과 짐승과 기계의 정신이 어떻게 다른가를 연구해요."

지민정이 대답했다.

"그건 과학이 아닌가요?"

"언젠가 그렇게 되겠지요."

똘망이는 여전히 궁금한 게 있는 것 같았지만 뿔테 안경을 쓴 통통한 감독이 끼어들었다.

"선배님이 출연하신 영화 봤습니다. 〈뻐꾸기는 밤에만 울었다〉요. 대단하셨어요."

"아니, 그건 또 어떻게 보셨나요?"

"작년 부천영화제서 복원판이 상영되었어요. 한 달 전에 영상자료원 유튜브에도 떴습니다."

저 남자들이 일제히 유튜브를 뒤져 삼십사 년 전에 찍은 영화의 야한 장면을 확인할 걸 생각하니 짜증이 솟았다. 동물원의 코끼리가 된 기분이었다.

"그거 표절이에요."

"네?"

"〈현기증〉 원작자 콤비가 쓴 소설을 허락받지 않고 한국전 배경으로 각색한 거예요.《암늑대들》이라고, 내가 읽고 신동수 감독에게 빌려준 책이었지요. 시몬 시뇨레가 나오는 영화도 있으니까 그걸 보세요."

감독은 어색한 표정으로 헛기침을 했고 조카는 껄껄 웃었다.

"신 감독 부친이 신동수 감독이에요, 고모."

잠시 머리가 뒤죽박죽됐다. 신동수 감독 아들이라고? 재혼했나? 20대 후반에서 30대 초반. 설희 언니 실종선고 이후에 재혼해서 아들을 낳았다면 감독 나이가 대충 맞아 보였다.

그러고 보니 배우 일을 그만두고 유학 간 뒤로 신동수에 대해 별로 생각한 적이 없었다. 그건 다른 사람들도 마찬가지였을 것이다. 80년대에 공장 생산품처럼 살색 영화를 찍어대던 남자들을 누가 기억해? 도대체 요새 누가 그런 영화들을 보겠어. 갑자기 돌아버린 영상자료원이 영어 자막을 단 복원판을 유튜브에 올리지 않는다면 말이지. 제발 미국까지 저 영화의 소문이 퍼지지 않길 바랄 뿐이었다.

"아버지 첫 영화인 〈밤마다 산책하는 여자〉도 〈신부는 검은 옷을 입었다〉의 스토리를 차용한 것으로 압니다."

감독이 말했다.

"아버지 영화를 많이 봤나 봐요?"

"다섯 편요. 〈밤마다 산책하는 여자〉도 몇 달 전에 부천에서 봤습니다. 테크니스코프로 촬영한 영화라 한동안 볼 수 없었는데 몇 개월 전에 디지털 복원됐습니다. 유튜브엔 안 올라왔는데……."

조금 미안해졌다. 신동수가 특별히 양심 없는 인간이었던 건 아니었다. 당시 한국 영화판에 그런 식으로 이야기를 차용한 작품이 드물었던 것도 아니고, 당시엔 존재하는지도 몰랐던 시몬 시뇨레 주연 영화를 직접 표절한 것도 아니다. 다들 그래도 된다고 생각했다. 아들이 앞에 있는 줄 알았다면 이런 소린 안 했지.

폰을 꺼내 유튜브를 열고 영상자료원 채널로 들어갔다. 〈뻐꾸기는 밤에만 울었다〉는 맨 위에 있었다. 화질은 당황스럽게 좋았다. 십오 분 뒤로 돌리자 삼십 여 년 전 지민정이 왼쪽 눈을 깜빡거리며 산장 문을 열었다. 눈 깜빡임은 아직도 남아 있는 이상한 버릇이었다. 주변 사람들은 애교 떠느라 그런다고 생각했는데, 단 한 번도 의식하고 그러지는 않았다. 민망할 정도로 80년대스러운 분장과 의상. 한국전 당시가 배경이었지만 그래도 영화를 찍던 시절의 티가 났다. 당시엔 정말 모든 게 건성이었다. 주인공 탈영병을 연기한 조달용이 입고 있는 저 뱀가죽 점퍼를 봐. 저게 50년대 한국이랑 맞아?

하얀 한복을 입은 설희 언니가 나오자 코끝이 시큰해졌다. 캐릭터는 열 살 위였고 언니는 여섯 살 위였지만 이 장면에서는 지민정과 비슷하거나 오히려 더 어려 보였다. 캐릭터에 맞추느라 80년대스러운 분장을 줄였기 때문이겠지. 아니야. 원래부터 설희 언니는 어려 보였다. 그 험한 연예계 생활을 거치면서도 그렇게 사람이 천진난만할 수 있다는 게 믿어지지 않았어.

눈을 들었다. 남자들 절반이 폰을 꺼내 들여다보고 있었다. 지민정은 들고 있던 폰의 화면을 남자들에게 돌렸다.

"윤설희 씨예요. 배우였고 여기 감독님 아버지의 첫 번째 부인이었지요. 이 영화를 찍는 동안 실종되었고요. 그 때문에 영화 결말이 바뀌었어요. 원래 내 캐릭터가 죽어야 했는데, 윤설희 씨 캐릭터가 죽었어요. 내 베드신도 하나 더 늘었고. 당시엔 나름 소란스러웠던 스캔들이었어요. 그런데 다들 이 일에 대해 아는 거 같군요. 의심스러워요. 내가 왜 여기 있는 거죠? 제작자 고모라서 그런 건 아니죠?"

조카와 몇몇 배우는 영문을 몰라 어리둥절한 표정이었다. 하지만 감독과 똘망이 그리고 춘배는 지민정이 무슨 소리를 하는지 짐작한 것 같았다. 아, 저 똘망이의 표정을 영화 어디에서 봤는지 알겠어. 똘망이는 막판에 징징거리는 범인의 따귀를 후려치며 "아니야, 다 네 잘못이야. 처음부터 그랬어"라고 외쳤던 캐릭터였다. 쟤는 춘배를 죽이지 않았어. 범인은 나머지 세 명 중 하나야.

"아버지는 지금 뭐하시죠?"

지민정이 감독에게 물었다.

"춘천 요양병원에 계세요. 치매 말기십니다."

"저런. 몰랐어요. 그런데 일 그만두신 뒤엔 뭐하셨고?"

지민정은 늘 그게 궁금했다. 90년대 영화계 대숙청 뒤 갑자기 일자리를 잃은 80년대 감독들은 그동안 뭐하고 먹고살았지?

"여러 가지 일을 하셨지만 주로 할아버지가 남기신 유산으로 버티셨지요."

"아, 기억난다. 부여 만석꾼 집안 출신인가 그랬지요. 아버님은 당시 내가 만난 감독 중 좀 분위기가 달랐어요. 부티가 났달까. 잘생긴 건 아닌데, 다른 사람들은 따라잡기 힘든 여유로움 같은 게 있었어요. 설희 언니도 그런 면에 끌렸는지 몰라."

"아버지는 평생 그 사건에서 벗어나지 못하셨습니다. 심지어 살인범이라는 소문도 돌았으니까요. 그 때문에 결혼생활도 엉망이었고 결국 제가 열두 살 때 부모님은 이혼하셨습니다."

"홍콩에서 누가 살아 있는 설희 언니를 봤다는 소문이 있었지요."

"호주랑 태국에서도요."

"다 헛소문이에요. 설희 언니는 하필 그때 지리산에서 일어난 돌발 홍수로 죽었어요. 거기 산장 주변에서 딱 사흘 찍고 떠날 생각이었는데 운이 없었지요. 그렇게 살아서 전 세계를 돌아다니고 있었다면 신 감독에게 연락을 안 했을 리가 없어요. 영화를 팽개치고 달아날 사람도 아니고. 설희 언니에 대해서는 내가 알아요. 그럴 사람이 아니에요. 그리고 처음부터 어떻게 외국으로 나간단 말이에요?"

"당시 실종된 열일곱 명 중 시체가 발견되지 않은 건 윤설희 씨뿐입니다."

"시체는 종종 사라져요. 지리산에서 폭우 때문에 사라진 사람이 언니뿐일까요. 설희 언니는 죽었어요."

"저도 그렇게 생각합니다. 하지만 살해당했다면요? 그리고 살인범이 시체를 감추었다면요?"

감독의 작은 눈이 뿔테 안경 너머에서 뭔가를 말하고 있었다. 몇 분 전에 했던 "선배님이 출연하신 영화 봤습니다" 어쩌구가 몽땅 연기였다는 걸 알겠다. 난 삼십사 년 전 실종사건의 증인으로 불려온 거야. 어디까지가 계획된 걸까? 조카가 제작자로 합류할 때부터? 아니지, 그때는 내가 한국에 올 거라는 건 아무도 몰랐을 텐데. 지금 이 자리는 수많은 우연이 운 좋게 겹쳐진 결과인 걸까.

"내가 할 수 있는 이야기는 별로 없어요. 삼십여 년의 세월이 흐르는 동안 내 기억은 뒤섞이고 오염되었어요. 당시 어떤 일이 어떤 순서로 일어났는지 꽤 상세하게 이야기할 수 있기는 해요. 하지만 그건 일차 기억이 아니에요. 당시 경찰관들 앞에서 나랑 주변 사람들이 한 진술, 내가 읽은 기사들, 주변 사람들에게 들은 이야기들이 섞여 정리된 결과물이에요. 어떤 기억은 눈앞에 보이는 것처럼 생생한데 그게 진짜라는 확신은 없지요. 당시 경찰기록이나 기사를 읽는 게 차라리……."

지민정은 말을 끊었다. 갑자기 아까 본 영화의 한 장면이 떠올랐다. 춘배는 짝사랑하던 여자아이의 죽음에 책임이 있다는 의심을 받는다. 알고 봤더니 진짜로 책임이 있는 건 그 아이를 따로 짝사랑하고 있던 범인이었고 몇 년 뒤 그 사실을 알아낸 춘배는 살해당한다. 영화에서 중요한 건 남자들의 억울함이었기 때문에 여자아이는 회상 장면에도 거의 나오지 않았다.

여자아이는 설희 언니였다. 춘배는 신동수였다. 똘망이는 감독이었다. 〈동창생들〉 자체가 윤설희 실종사건을 재창조한 이야기였다. 모욕감이 느껴졌다. 감독은 마땅히 주인공이어야 할 설희 언니를 쫓아내고 그 자리를 다섯 남자로 채웠다. 우선순위가 이따위니 영화가 재미없는 것도 당연했다. 저 남자에게 언니는 그냥 잠재적인 시체, 남자들이 품고 있는 원념의 재료에 불과했던 걸까.

지민정은 아직 구분이 안 되는 남자들의 얼굴을 훑어보면서 필사적으로 구별할 수 있는 특징을 찾았다. 한 명은 전지현처럼 코에 점이 있었다. 한 명은 튀어나온 목젖이 유달리 두드러졌다. 한 명은 〈아바타〉에 나오는 나비족처럼 턱이 뾰족했다. 저들은 각각 당시 사건의 누구를 대표하는 걸까. 그리고 영화는 누구를 범인으로 잡았던 걸까.

"신동수 감독 말고 다른 용의자들이 있었어요."

지민정은 말을 이었다.

"남자 주연이었던 조달용도 그중 한 명이었지요. 90년대에 배우 관두고 국회의원에 출마했는데 누군가가 선거 중에 그 사건에 대한 루머를 퍼트렸던 걸로 알아요. 그 때문인지, 원래 가망성이 없었는지는 몰라도 낙선했지요. 그 뒤에 하던 사업이 외환위기 때문에 망했다고 들었는데, 그 뒤로는 모르겠어요. 요새 뭐 한다고 하나요."

"삼청동에서 고깃집을 했었는데, 두 달 전에 뇌졸중으로 세상을 떴습니다."

감독이 말했다.

"요샌 아무도 모를 거예요. 80년대에 영화만 찍던 애매한 배우였으니까. 한국 사람들은 그런 사람을 쉽게 잊지요. 결혼했었나요? 했다고요? 애는 없었죠? 아, 딸을 입양했다고. 그럴 줄 알았다.

이런 이야기를 해도 되나. 모르겠다. 누가 그 사람 일에 관심을 가진다고. 조달용은 당시 우리 영화 투자자 중 한 명이었던 디자이너 제롬 류의 애인이었어요. 제롬 류가 직접 영화에 꽂아줬다고요. 이거 알아요? 그 사람은 같이 일했던 여자배우들 사이에서 평판이 아주 좋았는데, 베드신 찍을 때 괜히 흥분해서 일을 그르치는 일이 없었기 때문이었어요. 다들 신사라고 했지요."

"아버지는 단 한 번도 그런 이야기를 하신 적 없습니다. 늘 윤설희 씨와 그 배우 사이를 의심했어요."

"몰랐을 수도 있어요. 알았어도 믿지 않았거나. 80년대였어요. 한국 사람들은 이런 데에 정말 무식했지요. 영화 사람들은 그래도 별별 소문에 익숙해져 있었지만, 그래도 생각을 막는 벽이 있었지요. 제롬 류야 누가 봐도 게이였지만 조달용은 아니었거든요. 우락부락하게 생긴 씨름 선수 출신 경상도 남자였고 늘 주변 여자들에게 수작을 걸었지요. 두 사람 관계를 눈치챈 사람들도 다들 조달용이 제롬 류를 이용해먹는다고 생각했어요."

"그게 사실일 수도 있잖아요. 고모는 그렇다면 어떻게 알았는데요?"

조카가 물었다.

"그 사람이 설희 언니에게 직접 자기가 게이라고 말했어. 그 옆에 내가 있었고. 설희 언니에게는 모두가 진실을 말했어. 거의 고해성사를 하는 것처럼. 어떤 사람들은 내가 옆에 있어도 신경을 안 썼어. 이상하게 들릴지 모르겠지만 사실인 걸 어떻게 해. 지금까지 난 설희 언니 옆에서 들은 이야기를 한 번도 남에게 해본 적이 없어. 하지만 조달용이 죽은 뒤에도 살인 혐의를 받고 있다면 사정이 다르지 않을까?

설희 언니에게 거짓말을 한 사람들이 있었을 수도 있어. 조달용이 그중 한 명이었을 수도 있고. 수십 년 동안 그 장면을 되씹는 동안 점점 기억이 사실에서 멀어졌을 수도 있고. 난 지금 절대적인 진실을 이야기하려는 게 아니야. 그건 앞에서도 말했지만 불가능해. 그냥 내가 알고 있고 다른 사람들은 모르는 하나의 이야기를 하고 있을 뿐이지."

"자기가 게이라는 걸 알고 있어서 살해했을 수도 있지 않았을까요?"

춘배가 끼어들었다. 이 친구와 똘망이는 분명 전부터 실종 사건에 대해 알고 있었다. 친구 사이거나 각본을 같이 쓰거나 그랬겠지. 나눠준 보도자료를 챙겨둘걸.

"그랬다면 나도 죽여야 하지 않았을까요? 나도 아는데?"

"윤설희 배우분이 협박 같은 걸 했다면 어떨까요. 그래서 사고사로 처리해 죽였고 선생님은 의리 때문에 지금까지 커밍아웃 사실을 감추었고. 그게 사실이라면 완전범죄인데요?"

"왜 협박을 하는데요?"

"남편 몰래 빚이 있었다거나, 그 배우분을 좋아했다거나. 네가 널 가질 수 없다면 아무도 가질 수 없어. 뭐, 그런 거 있지 않습니까."

"내가 알았던 설희 언니랑은 전혀 연결이 안 되는군요. 그리고 그 사람, 그때 돈 별로 없었어요. 버는 돈 절반을 아픈

208

누나 치료비로 대고 있었어요. 적당히 유명했지만 딱 그 정도 였고, 제롬 류가 먹여 살리다시피 했지요."

지민정은 감독에게 고개를 돌렸다.

"아버지가 두 사람 사이를 의심했다고 했지요. 범인일 거라고도 생각했나요?"

"아버지는 모든 사람을 의심하셨어요."

"가장 유력한 용의자였나요?"

"아뇨. 그리고 저도 범인이라고는 생각하지 않았습니다."

"왜요?"

"죽기 전에 몇 번 만나봤는데, 사람이 어설퍼 보였어요."

"내가 아는 조달용도 그런 사람이었어요. 순하고 어설프고. 어설픈 사람도 살인을 저지를 수 있겠지요. 그게 완전범죄가 될 수도 있을 거예요. 하지만 안 믿겨요. 명탐정이 할 소리는 아니지만 난 명탐정이 아니지 않나요?"

춘배와 똘망이가 키득거리며 웃었다. 다른 세 배우 중 전지현은 멍한 표정으로 고개를 떨구고 있었다. 드디어 자신이 영화에서 맡은 역할이 무슨 의미인지 깨달은 것 같았다. 그러고 보니 네 남자 중 한 명이 어설프고 눈치 없는 아이돌 지망생이었다. 전지현이 조달용이었구나. 넌 춘배를 죽이지 않았어. 그렇다면 목젖과 나비족 중 한 명이 범인인가.

"조달용 말고 다른 용의자도 있지 않았어요? 투자자 한 명이 거기 놀러 왔다 간혔지요?"

조카가 물었다.

"민경국. 소위 사공자라고, 있는 집 깡패 패거리 중 한 명이었어. 같이 일하는 여자 배우들 건드리는 것으로 악명 높았지. 나랑 설희 언니도 무서워했어. 사건 터졌을 때, 부모가 매스컴에 아들 이름 뜨지 않게 하려고 기를 썼지만 실패했지. 그 사람은 어떻게 되었다고 하던가요, 감독님."

"2002년에 음주운전을 하다가 교통사고를 냈고 심하게 다쳤습니다. 월드컵 때여서 연도도 기억해요. 가슴 밑으로는 마비되었고 왼팔이 잘렸다고 합니다. 아직 살아 있긴 할 거예요."

"진범이라면 천벌 받은 거겠네? 안 그래, 신 감독?"

감독은 냉랭한 얼굴로 말을 던진 조카를 째려보았다.

"그 사람은 그냥 운이 없었던 겁니다. 수많은 죄 없는 사람이 교통사고로 다치고 죽어요. 그 사람들이 다 천벌을 받은 걸까요? 아무리 심한 일을 당했어도 그게 저지른 죄와 직접 연결되지 않으면 벌이 아닙니다."

"그래도 고소하긴 해요."

"소문대로 끔찍한 사람이었나요?"

"내가 당시 한국 연예계에서 만난 남자들의 평균값보다 조금 더 나쁜 정도. 끔찍했다는 말이에요. 그 동네에서 자기가 뭔가라도 되는 양 으쓱거리는 남자들 모두가 다 끔찍했어요. 지금은 다들 좀 낫겠지요? 그렇겠지요?"

대답 없는 남자들의 눈은 모두 유리구슬처럼 죽어 있었다. 그렇겠지. 너네들은 관심도 없겠지.

"나, 설희 언니, 신 감독, 조달용, 민경국, 스크립터였던 박경자, 촬영감독이었던 오순청, 당시 산장에 갇혀 있었던 사람은 일곱 명이었어요. 촬영감독은 폭우를 뚫고 나가려다가 넘어져서 다리가 부러졌지요. 스크립터는 그 사람 간호하느라 정신이 없었고. 보통 추리소설에서는 이런 사람들이 더 의심스럽기 마련이지요. 다리가 부러진 척하다가 범행 이후에 다리를 일부러 부러뜨리고, 그런 식으로 흐르지 않나요? 하지만 현실 세계에서는 말도 안 되는 소리죠.

남자들은 다 화가 나 있었어요. 민경국은 너 때문에 여기 갇혔다고 신 감독에게 고래고래 소리를 질러댔고, 신 감독은 설희 언니에게 추근거렸다며 다른 남자 둘을 공격했고, 조달용은 분위기에 휩쓸려 아무 소리나 지껄였어요. 설희 언니는 어떻게든 남자들을 진정시키려 했지만 잘 안 됐지요. 그러는 동안 다들 술을 마셨고 못 참겠다는 듯 한 명씩 거실을 떠났

다가 돌아왔어요. 그때마다 상황은 더 나빠졌지요. 사르트르
연극 안에 갇힌 기분이었어요."

"그 이야기는 당시에도 하셨지요. 사르트르의 〈닫힌 방〉 같
았다고요."

감독이 말했다.

"연극도 봤고 책도 읽었으니까. 카메라 앞에서 옷 벗는 것
밖에 모르는 생각 없는 여자가 아니라는 걸 보여주고 싶었으
니까. 그리고 정말 딱 맞아떨어지는 상황이었으니까. 하지만
사람들은 연예인이 잘난 척한다며 비웃었겠지요. 이해 안 가
는 것도 아니에요.

여러 일이 일어났어요. 민경국은 나에게 추근거렸고 설희
언니가 막았어요. 신 감독은 뜬금없이 성경을 꺼내 들더니 구
약 어딘가에서 뽑아 온 불쾌한 문장들을 낭송했고, 조달용은
누나를 부르면서 서럽게 울다가 심수봉 노래를 연달아 불러
댔어요. 난 경찰 앞에서 그것들이 어떤 순서로 일어났는지 말
해야 했어요. 하지만 내 기억이 얼마나 정확했을까요.

그리고 다음 날 아침, 설희 언니는 사라지고 없었어요.

몇몇 가설이 있어요. 자살했다. 사고로 죽었다. 조달용이나
민경국이 강간하려다 죽였다. 신 감독이 질투해서 죽였다. 민
경국이 해외로 빼돌렸다. 간첩이 납치해서 북으로 보냈다.

난 뭘 믿냐고요? 비행접시를 타고 온 어느 친절한 외계인이 언니를 발견하고 이 더러운 나라에서 구출해주었다고 생각해요. 지금쯤 안드로메다 성운 어딘가에서 모든 이의 사랑을 받으며 온갖 신나는 모험을 하고 있고 지구에 대해서는 까맣게 잊었겠지요."

"하지만 그건 거짓말이잖습니까."

"원래 사람들이 믿고 싶어하는 건 다 새빨간 거짓말이에요, 신 감독. 내세라던가, 신이라던가, 위대한 국부 이승만이라던가."

"하지만 진짜는요? 뭐가 진짜지요?"

"하나는 확실해요. 그날 산장에 있었던 사람 중 지난 삼십여 년 동안 가장 덜 불행했던 사람은 윤설희 배우라는 거. 그 다음은 나예요. 아까 민경국 이야기를 들었으니까. 그냥 사고도 아니고 음주운전으로 그 꼴이 되었다니 그건 그냥 벌 받은 거지. 저지른 다른 일로도 벌을 받아야겠지만 아마 시간이 부족하겠죠. 난 충분히 만족스러워요."

지민정은 말을 마치고 이미 차가워진 차를 들이켰다. 남자들은 잠시 조용해졌다. 어떻게 이야기를 이어가야 할지 모르겠다는 표정이었다.

"아버지는 누가 범인이라고 생각하셨나요?"

지민정이 물었다.

"계속 바뀌었어요. 병을 앓기 전까지는 민경국이라고 생각하시는 것 같았습니다. 지금도 그럴 거예요. 병원을 찾아가면 아무 예고도 없이 민경국 욕을 하시거든요. 그때 생각이 그냥 굳어져버린 것 같아요."

"근거는 있고요?"

"아무래도 조달용보다는 민경국이니까요."

"조달용보다는 신동수이기도 해요."

"아버지의 모습을 보셨다면 그런 말씀은 못 하세요. 심지어 십오 년 전엔 그 산장도 사들이셨어요. 시체를 찾겠다며 집과 주변을 뒤집어엎으셨지요."

"그건 다른 식으로도 해석될 수 있어요."

"어떻게요?"

"신동수 감독이 살인범이고 시체 위치를 알았다면 일부러 그 부분만 빼고 파헤쳤을 수도 있어요. 모르는 사람들이 보면 특별히 이상해 보이지도 않을 거예요. 그냥 있지도 않은 시체를 찾는 미친 영감처럼 보이겠지요. 거기서 설희 언니가 살해당했고 시체가 그 근처에 묻혔다는 가설을 입증하고 싶다면 당시 용의자가 아니었고 그 사람들과 이해관계도 없는 사람이 다시 거길 파봐야 해요. 하지만 살인범이 그 전에 먼저 치

왔을 수도 있지요. 그게 신동수 감독이건, 민경국이건 간에.

그런데 내가 굳이 이 이야기를 할 필요가 있을까? 원래 짐작했던 게 아니었어요? 유튜브에 올라온 〈뻐꾸기는 밤에만 울었다〉를 무한 반복해 보며 누군가가 시체를 묻었을 법한 곳을 찾고 있었던 게 아니었나요? 혹시 아버지가 범인이라는 사실이 드러날까 두려워서 짐작 가는 곳이 있으면서도 아무것도 안 한 건 아니겠죠?"

다시 침묵이 흘렀다. 지민정은 폰을 들고 아까 열었던 〈뻐꾸기는 밤에만 울었다〉 영상을 훑어보았다. 단서가 있을 수도 있고 없을 수도 있으며 어딘가 설희 언니의 유령이 찍혀 있을지도 모르는 삼십사 년 전 영화. 여기에 뭔가 기록되어 있다면 멋지겠지. 하지만 정말 그럴까.

그 순간 머릿속의 다른 부분이 확 정리되었다. 춘배를 죽인 게 누군지 알 것 같았다. 나비족이었다. 목젖은 막판의 징징거리는 살인자가 아니라 정체가 밝혀진 살인자를 구타하는 데에 가담한 욕 잘하고 여자 밝히는 깡패였다. 그리고 그 깡패는 〈동창생들〉 우주의 민경국이었다. 그냥 배우 얼굴만으로는 알아볼 수 없었지만 민경국을 겹쳐놓으니 간신히 구별이 됐다.

지민정은 나비족을, 갑작스럽게 이상한 방향으로 튄 분위기에 어리둥절한 20대 초반 남자의 얼굴을 응시했다. 맞아. 네가 춘배와 그 여자아이를 죽였구나. 하지만 네가 신동수도, 조달용도, 민경국도 아니라면 누구로서 죽인 거지? 오순청? 설마. 정말로 크리스티 소설에 나올 법한 알리바이 트릭을 상상했던 건 아니지?

똘망이와 목젖이 징징거리는 나비족을 두들겨 패는 후반 장면을 떠올렸다. 텅 빈 다리 위의 가로등 빛이 반사되어 빛나는 나비족의 뾰족한 턱과 겁에 질린 커다란 눈. 지금의 나비족에겐 영화 속 나비족에겐 있었던 뭔가가 빠져 있다. 그게 뭐지? 생각났다. 깜빡이는 눈. 영화 속 나비족의 왼쪽 눈은 미친 것처럼 깜빡거리고 있었다.

신동수가 민경국에 대한 원한과 치매 증상 속에서 서서히 지력을 잃어가는 동안 아버지의 뒤를 이어 영화감독이 된 아들은 친구들과 함께 남들이 상상도 하지 못했던 새로운 용의자를 찾아냈고 그 가설에 맞추어 영화를 만들었던 것이다. 그 가설은 도대체 어떻게 만들어졌던 걸까? 맞아, 〈닫힌 방〉의 이네스와 에스텔. 이들은 사르트르를 인용하며 어떻게든 잘난 척하고 싶어했던 젊은 여자의 언급에서 새로운 치정극의 단서를 찾아냈던 것이다. 이들은 그 용의자가 영화 시사회 날에 맞추어 한국을 찾았다는 걸 알고 얼마나 신나 했을까. 그 용의자가 '설희 언니'를 언급할 때마다 얼마나 흥분했을까. 이들이 계산하지 못한 건 용의자가 생기 없는 이야기와 비슷비슷한 배우들 때문에 끝까지 영화에 집중하지 못했고 그 때문에 이들의 오판을 지금에야 간신히 알아차렸다는 것이었다.

지민정은 미친 것처럼 웃어대기 시작했다.

그건 너의 피였어

1.

안녕하세요, 방암식 형사님.

얼마 전에 형사님 소식을 들었습니다. 패션모델 스토킹하다가 경찰에서 잘리셨다고요. 뉴스에는 이름이 뜨지 않았지만 아무래도 방 형사님 같아서 그쪽 사정을 알 것 같은 지인에게 물어보니 맞더군요. 어쩌다가 그러셨어요. 사정이 있을 거라 생각은 합니다만.

소식을 듣자 그 사건이 다시 생각났습니다. 지난 몇 년 동안 잊으려고 노력했던 그 일이요. 당시 형사님이 말했지요. "이렇게 일이 끝나긴 하지만 뭔가 더 있는 게 분명해요. 그러니 나중에라도 할 말이 있으면 나한테 연락해요." 그리고 저에게 개인 이메일 주소를 알려주었어요. 지금에야 부탁받은 편지를 씁니다.

네, 전 제가 이장수를 죽인 살인범임을 고백하는 겁니다.

2.

2008년 8월 13일 수요일이었습니다. 제가 경찰서를 찾은 날은요. 저녁이었어요. 여름이었지만 그렇게 덥지는 않았던 거 같은데, 제 기억이 정확한지는 잘 모르겠습니다. 날씨는 그날 일어났던 일 중에서 가장 중요한 뭔가는 아니었습니다. 그래도 다른 것은 비교적 정확하게 기억해요. 제가 입고 있었던 야자수 무늬가 그려진 파란 하와이안 셔츠나 경찰서 안을 맴돌고 있던 짬뽕 국물의 냄새 같은 것 말이죠.

경찰서에 들어서자 저는 제가 가장 처음 만난 경찰 제복을 입은 사람에게 말했습니다. "도와주세요. 집에 무슨 일이 일어난 것 같습니다." 그리고 들고 있던 휴대폰을 꺼내 제가 찍은 사진을 보여주었습니다. 벽과 바닥이 피에 젖어 있는 제 반지하 방 사진을요.

전 경찰을 끌고 집으로 돌아왔습니다. 계단 밑에는 제가 부산 여행에서 끌고 온 여행 가방이 뒹굴고 있었고 문은 열려 있었습니다.

사진에 찍힌 것처럼 방은 피로 흠뻑 젖어 있었습니다. 커다란 짐승, 그러니까 사람의 목을 따고 그 피에 젖은 몸을 여기저기로 끌고 다닌 거 같았지요. 너무 연극적이고 과장되어 있는 광경이라 경찰이 과연 믿어줄까 걱정했던 기억이 납니다. 결정적으로 시체가 없었으니까요.

저는 형사들 앞에서 제가 몇 달 전부터 수백 번은 암송한 대사를 일부러 두서없게 읊었습니다. 내 이름은 정우권이다. 직업은 간호사다. 여름 휴가에서 돌아와보니 집이 이렇게 되어 있었다. 휴가를 떠난 동안 친구가 잠시 머무르며 집을 봐주기로 했다. 친구 이름은 이장수인데 지금 연락이 안 된다.

누군가가 친구의 사진이 있느냐고 물었습니다. 전 없다고 했어요. 둘 다 사진 찍는 걸 좋아하지 않는다고 했지요. 그리고 그건 사실이었습니다. "난 사진 찍는 걸 안 좋아해. 자기 자신을 찍어서 갖고 다닌다는 건 너무 이상하지 않아?" 장수가 두 번째 데이트 때 했던 말입니다. 저도 그렇다고 하면서 맞장구를 쳤어요. 심지어 장수가 보낸 비슷한 내용의 문자도 갖고 있었습니다. 경찰이 수상쩍게 생각한다면 그걸 보여줄 생각이었어요.

슬슬 경찰도 저와 장수의 관계를 눈치챈 것 같았습니다. 등 뒤에서 킥킥거리는 웃음소리와 "호모 새끼"라는 말이 들려왔어요. 그 사람들은 제가 그들이 상상하는 '호모 새끼'의 스테레오타이프에 맞추려고 일부러 메이크업도 했다는 걸 눈치챘을까요. 저에게 그건 전투화장이었습니다.

삼십 분도 지나지 않아 경찰은 제가 심어둔 등산용 칼을 발견했습니다. 칼날은 어설프게 씻겨 있었지만, 자루에는 여전히 피가 덕지덕지 묻어 있었고 그 위에는 목장갑의 섬유가 붙어 있었지요.

제가 생각했던 것보다 빨랐습니다. 하지만 놀라지는 않았습니다. 전문가들이었으니까요. 전 이들이 전문가이고 저는 아마추어인 것을 당연하게 여기고 이 계획을 짰습니다. 들통나도 억울해하지 않을 생각이었어요. 만약 계획이 성공한다고 해도 제가 경찰보다 유난히 똑똑해서는 아니겠지요. 아니, 제 계획이 성공하려면 경찰은 반드시 유능해야 했습니다.

3.

이장수의 휴대폰은 발견되지 않았습니다. 당연한 것이, 제가 여행 직전 장수에게서 훔친 그 물건은 박살 난 채 해운대 바다 밑에 뒹굴고 있었으니까요.

그래도 경찰은 잽싸게 이장수의 데이터를 모아가고 있었습니다. 대한민국은 경찰국가이니 수월하기 짝이 없었겠지요. 1984년 5월 6일 구미 출신, 폭력 전과 2범, 부모는 2003년 인천 페리 화재 사고로 사망. 직업 없고 지금까지 부모 보험금을 까먹고 살았던 것으로 추정. 마지막 주소였던 부천 빌라는 두 달 전에 헐렸음. 경찰은 장수를 아는 사람들을 찾아다녔지만 헛수고였습니다. 지난 몇 년 동안 이장수라는 남자의 존재를 알고 있던 사람은 세상에 단 두 명뿐이었으니까요. 그래도 그들은 저와 장수가 애인 사이였다는 걸 보여주는 몇몇 증인과 CCTV 영상을 확보했습니다. 단지 사건이 일어났어야 할 며칠 동안 장수가 저의 집에 들어간 증거는 찾지 못했습니다. 거긴 당시 CCTV 사각지대였으니까요. 그건 제 계획의 기반 중 하나였습니다.

당연히 경찰은 저를 의심했습니다. 네가 남자친구를 살해하고 시체를 토막 내서 여기저기에 버린 게 아니냐? 당연한 순서였다고 생각합니다. 일단 가장 가까이에 있는 용의자부터 심문해야 하니까요. 하지만 동기도 없고 증거도 없었습니다. 사건 직전까지 제가 장수와 나눈 문자는 평범하기 그지없었고 저에겐 시체 같은 걸 토막 내 버릴 기회가 있을 리가 없었지요. 살인보다 힘든 게 시체 유기니까요. 이를 위해 전 완벽하지는 않더라도 비교적 꼼꼼한 알리바이를 만들어두었습니다. 호텔도 일부러 부산역 앞에 있는 것으로 골라 의심 살 만한 빈틈을 줄였고 미리 내려가 있던 같은 병원 사람들과도 최대한 오래 어울렸지요. 무엇보다 경찰은 서울과 부산 사이

이디에서도 시체를 찾을 수가 없었습니다.

그래도 경찰은 저에 대한 의심을 거두지 않았겠지요. 저는 변태 새끼였으니까요. 제 알리바이도 적당히 그럴싸했을 뿐 완벽하지는 않았습니다. 하지만 제가 남자친구를 죽여 알 수 없는 방법으로 시체를 숨겼다는 가설보다는 누군가가 나중에 들어와 남자친구를 살해하고 시체를 빼냈다는 가설이 더 그럴싸했습니다. 그렇지 않았나요?

여기엔 더 좋은 가설도 있었지요. 살인은 일어나지 않았고 이 모든 건 혈세를 받으며 뼈 빠지게 일하는 경찰 공무원을 놀려먹기 위한 장난이라는 것입니다. 하지만 이장수는 아무리 봐도 며칠 전부터 수상쩍은 상황에서 실종된 게 분명했고 현장의 피는 모두 한 사람의 몸에서 나온 것이었습니다. 적어도 3리터 이상의 피가 흘러나왔고 그 정도면 사람이 살아남을 수 없었어요.

경찰들은 저와 이장수의 관계에 대해 꼼꼼하게 캐물었어요. 제가 할 수 있는 말은 별로 없었습니다. 육 개월 전에 인터넷 사이트에서 만나 사귀었고 일주일에 한 번이나 두 번 정도 만났다. 부모가 죽었고 보험금으로 살고 있다는 거, 지금 직업이 없다는 것도 알았다. 둘 다 가족이나 친척 이야기를 깊이 하는 편이 아니었다. 교도소에 다녀왔다는 건 몰랐다. 아, 가끔 옛날 남자친구 이야기를 했다. 인천 사는 유부남이라고 했는데, 집착이 심해서 무서웠다고 한다. 하지만 그게 진짜로 있었던 일인지는 잘 모르겠다. 원래 장수가 하는 말은 그렇게 앞뒤가 맞지 않았고 나는 그냥 그런가 보다 했다. '옛날 남자친구'부터는 저 말고 다른 용의자를 찾으라는 힌트였습니다. 마지막 두 문장은 너무 대놓고 말하면 뻔할 거 같아서 덧붙였고요. 이제 아시겠지만.

4.

'옛날 남자친구' 미끼를 문 건 방 형사님 당신이었습니다. 적어도 저에게 이 남자에 대해 끈질기게 질문한 건 형사님 혼자뿐이었지요. 신이 난 저는 머리를 쥐어짜는 척하면서 조금씩 새 미끼를 던졌습니다. 그러고 보니 한 번 본 거 같다. 두 달 전 명동 약속 장소로 갔는데 어떤 남자랑 심하게 싸우는 거 같았다. 남자 얼굴은 기억이 날 것 같기도 한데, 하여간 잘 차려입었고 안경을 썼다. 하지만 정말 전 남자친구였는지 다른 누구였는지는 모르겠다. 장수도 이에 대해 이야기를 한 게 없다. 그냥 별일이 아니라고 했다. 전문가가 제 증언을 바탕으로 몽타주를 만들었는데, 결과물은 꽤 그럴싸했습니다.

며칠이 지나갔습니다. 저는 피가 말라가는 걸 느끼면서 경찰이 어디까지 갔는지 상상했습니다. 제가 계산에 넣지 못한 건 이장수의 전과 사실이었습니다. 경찰은 실종자가 옛날에 같이 어울렸던 불량배 무리를 쫓고 있을 수도 있었습니다. 그들 중 한 명이 제 진술을 엉망으로 만들 수 있는 증언을 할 가능성도 없지는 않았습니다. 무엇보다 제가 걱정했던 건 이장수가 아직 살아 있을 수도 있다는 사실이었습니다. 제 생각엔 죽었을 가능성이 90퍼센트였지만 누가 압니까.

8월 21일 목요일 오후, 방 형사님 당신이 제가 일하고 있던 병원을 찾았습니다. 손에는 돌돌 만 종이뭉치 같은 걸 곤봉처럼 들고 있었지요. 펼쳐보니 다소 영혼 없어 보이는 표정으로 웃고 있는 대머리 아저씨가 표지모델인 기독교 잡지였습니다. 형사님은 중간을 펼쳐 저에게 내밀었습니다. 기독교인 청년 사업가들을 다룬 4페이지 인터뷰 시리즈였습니다. '성경대로 정직하게 사업을 했더니 성공이 저절로 따라왔어요'라는 제목 밑에 안경 쓴 젊은 남자의 사진이 박혀 있었습니다.

"이 사람 맞는 거 같아요?" 형사님이 저에게 물었습니다. 전 대답했지요. "사진만으로는 확신할 수 없지만 비슷합니다. 목소리를 들으면 더 정확하게 알 수 있을 텐데요." 그러자 형사님은 "중저음에 살짝 비음 섞인 목소리?"라고 다시 물었어요. 저는 흥분한 강아지처럼 고개를 끄덕였습니다. 형사님은 컴퓨터를 쓸 수 있느냐고 했고 전 방문객 대기실로 안내했습니다. 잠시 뒤 전 어떤 기독교 사이트에 올라간 오성규의 이 분짜리 인터뷰 영상을 보고 있었습니다.

"맞는 거 같아요?" 형사님이 다시 묻자 전 최대한 느릿느릿 "80퍼센트 정도요"라고 대답했습니다. "그래, 이 녀석들아. 드디어 정답을 맞혔구나!"라고 외칠 수는 없지 않았겠어요?

질문이 이어졌습니다. 오성규라는 이름을 들어본 적 있나? 아뇨. 실종자가 인천 예중교회나 에이스 산업을 언급한 적 있나? 잠시 인천 교회에 다녔다는 이야기를 했는데 예중교회인지는 모르겠어요.

당시 사건이 제가 예상했던 것보다 더 그럴싸하게 풀리고 있었다는 사실을 나중에야 알았습니다. 이장수는 실제로 잠시 예중교회 신자였고 보험금을 유흥비로 다 날려버린 뒤 에이스 산업에서도 잠시 일했던 것입니다. 그게 제가 그때까지 몰랐던 두 사람의 연결지점이었어요.

현장에서도 증거들이 나왔습니다. 지문요. 오래전에 없어졌을 거라고 생각했었는데 오성규의 오른쪽 엄지와 검지 지문이 피투성이 방 어딘가에 남아 있었던 것입니다. 지문은 제 계획 중 하나였지만 전 그런 게 있었는지도 몰랐고, 제가 공들여 심어놓은 오성규의 지문이 묻은 오백 원짜리 동전은 은 근슬쩍 사라지고 없었습니다. 경찰이 현장에서 그런 걸 주워 갔을 리는 없고 어딘가 안 보이는 구석에 박혔던 모양이지요.

전 몇 달 동안 그 뒤에 일어날 일에 대해 생각했습니다. 장 소나 상황은 조금씩 달랐지만, 결말은 같았어요. 손가락으로 오성규를 가리키며 제가 이렇게 외치는 것입니다. "저 사람입 니다! 제가 명동에서 봤던 남자가 저 사람 맞아요!"

하지만 그 기회는 끝까지 오지 않았습니다. 오성규는 경찰 이 관교동에 있는 아파트를 찾아가자 아내와 어린 아들이 보 는 앞에서 베란다 밖으로 몸을 던졌으니까요. 사람이 12층 건 물에서 뛰어내려도 그렇게 오래 살 수 있다는 걸 그때 알았 습니다. 죽을 때까지 하루하고도 반나절이 걸렸다지요.

5.

사건의 진상에 대해 설명할 시간이군요. 그러려면 과거로 가야 합니다. 최대한 짧게 이야기하겠습니다. 전 여기에 오래 머물 생각이 없어요.

전 캐나다에서 어린 시절을 보냈습니다. 세 살 때 이민을 갔어요. 그리고 외환위기가 일어난 다음 해인 1998년에 한국으로 돌아왔습니다. 엄마가 암으로 죽고 이 년 뒤의 일이었습니다.

어처구니없는 일이었지요. 지금도 왜 그랬는지 이해가 안 됩니다. 하지만 제 아버지는 처음부터 소통 같은 건 안 되는 인간이었습니다. 세상에서 중요한 건 자기가 누리는 가장의 권위였고 이에 맞서는 어떤 것도 허용하지 않았습니다. 거기 엔 "왜 지금 한국으로 돌아가나요?"라고 묻는 것도 포함되어 있었어요.

그 뒤 삼 년은 제 인생 최악의 시기였습니다. 특히 고등학교로 올라간 뒤에는 더 끔찍했습니다. 이렇게 말씀드리죠. 모두가 게이라고 의심하는 기집애 같은 외모의 남자아이에게 인천의 그 남자고등학교는 지옥일 수밖에 없었다고요. 당시 겪은 일을 읊기 시작하면 끝도 한도 없지만 전 그런 데에 시간을 낭비하지 않으렵니다.

대신 장우범에 대해 이야기하겠습니다. 그 아이와 친구가 된 건 제 일생 최고의 실수였습니다.

우리는 가까워질 수밖에 없는 사이였습니다. 장우범은 그 학교에서 게이라고 의심받는 또 다른 아이였으니까요. 아니, 의심받는 게 뭡니까. 걔는 단 한 번도 그 사실을 감춘 적이 없었습니다.

많이들 장우범을 징그러워했습니다. 대놓고 남자 연예인이나 주변 아이들에게 더러운 농담을 던져서이기도 했지만, 외모부터 그랬습니다. 몸의 균형이 안 맞았고 다리는 비정상적으로 휘어 있었으며 시선이 어디로 향하는지 알 수 없는 바깥 사팔뜨기였습니다. 얼굴만 보면 아주 못생겼다고는 할 수 없는데 그래도 이상하다는 느낌을 주는 외모였어요. 그 애는 자신의 징그러움을 최대한 과시하며 즐기는 것 같았습니다.

저와 장우범은 애인 사이 같은 건 아니었습니다. 솔직히 말하면 걔는 저의 어떤 욕망도 자극하지 않았습니다. 건드리는 것도 싫었어요. 전 끝까지 그 아이의 징그러움을 완전히 극복하지 못했습니다. 하지만 그 애는 그 학교에서 말이 통하는 유일한 아이였습니다. 살아 있는 진짜 사람이 내 이야기를 진지하게 들어준다는 것만으로도 고마웠습니다. 그 진지함은 저질스러운 농담으로 몇 분마다 깨져버렸지만요.

당연히 저희는 학교 불량배들의 표적이 됐습니다. 그리고 가장 심하게 괴롭혔던 건 오성규 무리였습니다. 네, 12층에서 떨어져 죽은 그 남자와 저는 같은 학교를 다녔습니다.

예중교회 담임목사의 막내아들이었던 오성규는 당시 과체중이었고 심한 여드름쟁이였습니다. 공부를 잘했고 부모나 선생들 앞에서는 싹싹하게 굴었기 때문에 어른들은 이 애가 다른 학생들에겐 얼마나 끔찍하게 구는지 몰랐습니다. 아니, 알았어도 모른 척했었는지 몰라요. 아이는 어른들 앞에서 모범생인 척하는 동안 쌓은 스트레스를 학교의 가장 약한 애들을 괴롭히며 푸는 것처럼 보였습니다. 그리고 저희 셋이 같은 반이 된 2학년 때 괴롭힘은 극에 달했습니다.

그에 대해 자세히 이야기하지는 않겠습니다. 앞에서도 말했지만 전 과거의 고통을 되씹으며 즐기는 매저키스트 따위가 아니기 때문입니다. 단지 한 무리의 상상력 부족한 한국 남자애들이 게이라는 말을 듣는 남자애 둘을 괴롭히려고 작정했을 때 일어날 수 있는 거의 모든 일이 일어났다고 보면 됩니다.

저는 도망치고 숨으려 했습니다. 하지만 장우범은 자기식으로 맞섰습니다. 괴롭힌 아이들을 대놓고 조롱했고 욕을 퍼부었지요. 그 결과는 늘 더 큰 폭력을 불러왔고 아무도 이를 막는 사람이 없었습니다. 선생들도 장우범을 싫어했고 징그러워했으니까요.

이런 이야기를 다루는 영화나 소설에서는 불필요한 디테일을 끝도 없이 더하며 공들여 그렸을 연속되는 수난은 여름방학 일주일 전에 갑자기 끝났습니다. 장우범이 교실 칠판 앞에서 목을 맨 시체로 발견된 것입니다.

정확히 무슨 일이 일어났는지는 아무도 모릅니다. 자살이었겠지요. 하지만 전날까지 기세등등했던 녀석의 모습을 직접 본 저는 그 사실을 믿기 힘들었습니다. 분명 제가 모르는 무슨 일인가가 일어났습니다. 그 무슨 일인가에 오성규가 관련되어 있음이 분명했고요. 백번 양보해 진짜 자살이라고 해도 일차 책임은 여전히 오성규에게 있었습니다. 하지만 학교는 이를 묻으려 하고 있었습니다. 아무도 사실을 정확하게 밝히고 싶어하지 않았어요. 다들 그저 징그러운 똥덩어리가 알아서 사라져 다행이라 여기고 있었습니다.

저는 자퇴했습니다. 어차피 그 학교에서는 공부라는 걸 할 수도 없었습니다. 망해가는 사업에 휩쓸려 폐인이 된 아버지는 저에게 어떤 방패막이도 되어주지 못했습니다. 다행히도 이모네 가족이 저를 챙겨주었습니다. 대전에 내려가 눈칫밥을 먹으며 전 딱 한 가지 목표만을 생각했습니다. 누구의 도움도 없이 혼자 살아남을 수 있는 남자가 되는 것 말입니다.

네, 2008년에 방 형사님이 만났던 사람이 바로 그 남자였습니다. 경찰들이 다 저를 경멸했다는 건 압니다. 하지만 당시 여러분이 보았던 무력한 게이 남자가 나름 정교한 연기의 결과였을지도 모른다는 의심은 안 해보셨나요. 전 전문직에 종사하는 군필 남성이었습니다. 검정고시로 들어간 학교에서는 장학금을 놓친 적이 없었고요. 여전히 스포츠엔 별 재능이 없었지만 그래도 고등학교 때와는 달리 단단하고 건강한 몸을 갖고 있었습니다. 전 자랑스러운 생존자였습니다. 하지만 그 계획에서는 그런 티를 너무 내지 않는 게 좋았지요. 병원에서 형사님을 마주쳤을 때 전 걱정했습니다. 직장에서의 제 모습과 경찰 앞에서 제가 보여준 모습의 차이를 알아차릴까 봐요. 어차피 둘 다 연기인 건 마찬가지였지만.

6.

장수에 대해 제가 한 이야기는 많은 부분이 사실입니다. 반년 전 인터넷 사이트에서 만났고 어쩌고저쩌고. 말 안 한 게 있다면 그 사이트의 회원이 된 게 아버지가 만리포 해수욕장에서 익사한 시체로 발견된 지 꼭 일주일 뒤였다는 사실인데, 그런 것까지 여러분이 알 필요는 없었으니까요.

저에게 장수와의 연애는 성공한 생존자가 누려 마땅한 정상성을 찾기 위한 시도였습니다. 제가 사랑에 빠졌었는지는 잘 모르겠습니다. 그보다는 남들이 하는 걸 저도 한다는 사실 자체가 더 좋았던 것 같습니다. 누군가에게 연기가 아닌 저 자신의 모습을 보여준다는 사실도 마찬가지로 좋았습니다.

장수는 자기 이야기를 잘 하지 않았습니다. 인천에 있는 중소 수출회사에 다닌다고 했고 가족은 없다고 했는데, 전 그 정도로 충분했습니다. 저도 장수에게 제 직장 이야기를 하고 싶지 않았으니까요. 어차피 저희 둘의 삶이 겹쳐지는 곳은 직장 바깥에 있었습니다.

하지만 평범한 삶을 누리려는 제 시도는 사 개월만에 무너져버렸습니다.

현충일이었습니다. 우리는 춘천에 갔고 관광객들이 할 법한 평범한 일을 했습니다. 호수 구경도 하고 케이블카도 타고 닭갈비도 먹고. 그리고 밤늦게 예약한 호텔로 들어갔습니다. 섹스하기 전에 샤워를 했어요. 제가 먼저 했고 나중에 장수가 들어갔습니다.

머리를 말리던 저는 의자에 아슬아슬하게 걸쳐져 있던 장수의 바지가 미끄러지려 하는 걸 보았습니다. 바닥에 떨어지기 전에 제대로 의자 등에 걸쳐놓으려 했는데, 그만 지갑이 주머니에서 빠져나왔습니다. 그리고 그 주머니에서 주민등록증이 떨어졌지요. 저는 그 주민등록증을 주워 다시 지갑에 끼워 넣으려 했습니다. 그리고 지갑 안에 이미 다른 주민등록증이 끼워져 있다는 사실을 알아차렸지요.

그 두 번째 주민등록증에 새겨진 이름은 오성규였습니다.

전 주민등록증 두 개의 사진을 번갈아 보았습니다. 비슷하게 생긴 두 젊은 남자의 사진이었습니다. 하지만 이장수는 제가 아는 장수가 아니었습니다. 오성규가 장수였습니다.

장수가 나오는 소리가 들렸습니다. 저는 허겁지겁 주민등록증을 쑤셔 넣은 지갑을 바지에 넣고 침대로 달려갔습니다.

그 뒤에 무슨 일이 일어났는지는 전혀 기억이 나지 않습니다. 아마 섹스를 했을 거고 텔레비전에서 나오는 별 재미없는 연예 프로그램을 보다가 잤겠지요. 제 머릿속에서 빙빙 돌던 온갖 생각들이 그 기억들을 밀어내버렸습니다.

집으로 돌아온 나는 오성규의 이름을 검색했습니다. 예중교회 담임목사의 아들이고 에이스 산업의 사장인 오성규의 사진을 찾는 건 어렵지 않았습니다. 제가 아는 그 오성규가 장수의 얼굴을 하고 인터뷰를 하고 있었습니다. 단지 좋은 양복을 입고 안경을 쓰고 있는 것만 달랐지요.

어떻게 사람이 그렇게 달라질 수 있을까요. 살을 엄청 뺀 것만으로는 설명을 할 수 없었습니다. 성형수술도 했겠지요. 하지만 왜 그 오성규가 이장수라는 이름으로 저와 사 개월이나 사귀었던 걸까요. 제가 오성규를 몰라보는 건 당연했습니다. 하지만 오성규가 저를 몰라봤을 리가 없지 않습니까. 도대체 무슨 꿍꿍이였던 걸까요? 고등학교 때는 또 무슨 꿍꿍이였던 걸까요. 이장수는 도대체 누구고 오성규는 어떻게 이 사람의 주민등록증을 갖고 있었던 걸까요. 이 남자는 살아 있기는 할까요? 아니면 중국이나 베트남에서 다른 이름으로 살고 있을까요?

전 궁금하지 않았습니다. 딱 한 가지 생각만이 머릿속을 채웠습니다. 장우범의 죽음에 대한 책임을 지고, 사 개월 동안 저에게 가짜 행복의 환상을 심어준 죄에 대한 책임을 지고 오성규는 처단되어야 했습니다.

7.

나머지 이야기는 제가 길게 설명할 필요가 없겠지요. 오성규를 이장수 살인 사건의 범인으로 몰아간다. 이게 제 계획의 핵심이었습니다. 이 계획의 단점은 이장수의 시체를 만들 수 없다는 것이었습니다. 대신 전 3.5리터의 피로 이를 대신하기로 했지요. 그 피는 수원역 근처에 사는 어느 노숙자에게서 매주 조금씩 얻어 냉장고에 채웠습니다. 그 인간은 제가 이상한 취향의 변태라고 생각했겠지만, 하루에 오십만 원씩 벌 수 있었으니 불평할 입장은 아니었습니다.

피가 누구 것인지는 전혀 중요하지 않았습니다. 저에게 그건 장수 자체였습니다.

시작부터 전 이게 완전범죄가 아니라는 걸 알았습니다. 경찰이 살인 사건 자체를 의심할 수도 있고 수원역 노숙자를 찾아낼 수도 있지요. 근처 자동차의 블랙박스나 제가 모르는 곳에 숨겨진 CCTV에 제 주장을 반박하는 증거가 숨겨져 있을 수도 있었습니다. 오성규의 이중생활을 아는 사람이 저 말고 더 있었을 수도 있고 절대로 뚫을 수 없는 알리바이가 있을 수도 있었습니다. 저와 오성규의 이전 관계가 밝혀질 가능성도 높았습니다. 하지만 한 가지는 확실했습니다. 제가 어느 단계에서 폭로되더라도 오성규가 아무 상처도 입지 않고 빠져나갈 가능성은 별로 없었다는 것입니다.

결과는 제 기대 이상이었습니다. 경찰은 오성규의 아파트에서 제가 조심스럽게 노숙자의 피를 발라놓은 운동화와 바지를 발견했습니다. 뉴스가 퍼지자 오성규의 과거 학폭 피해자들이 글을 올리기 시작했고요. 무엇보다 에이스 산업이 겉보기만큼 멀쩡한 회사가 아니었고 예중교회가 거기 돈세탁에 이용되었다는 증거들이 나왔습니다. 이들이 모두 이장수 사건과 직접 연결되는 건 아니었지만 오성규가 모범적인 기독교인 청년 사업가가 아니라는 증거로 충분했고, '옛날 남자친구를 살해하고 시체를 인천 앞바다 어딘가에 버린 살인범

오성규가 경찰 체포를 피해 자살했다'는 이 사건을 설명하는 가장 자연스러운 답이었습니다. 여전히 수상쩍어 보이는 사건이었지요. 방 형사님 당신도 의심을 완전히 거두지 못할 정도로. 하지만 어쩌겠어요.

사건이 끝나고 이 년 뒤에 전 캐나다로 돌아갔습니다. 밴쿠버에서 지금 직장을 얻었고 작년에는 결혼도 했습니다. 남편은 퇴역군인으로 아프가니스탄에서 왼쪽 다리를 잃었지만 잘생기고 선량한 사람입니다. 지금 제가 누리는 행복은 진짜입니다. 그런데 왜 제가 이 편지를 당신에게 써서 모든 걸 망치려 하냐고요? 바보 같긴. 제가 이걸 진짜로 보낼 리가 없지 않습니까. 어차피 그때 주신 주소로 스팸을 위장해 메일을 하나 보내봤는데 없는 주소라고 반송되어 오더군요. 하긴 아직도 나우누리 메일 주소를 쓰는 사람이 몇이나 되겠어요.

까먹고 못 한 이야기 하나를 마저 하고 편지를 끝마치기로 하겠습니다. 사건 다음 해 6월, 전 그림 엽서 한 장을 받았습니다. 이장수의 이름을 보고 잠시 놀랐는데 곧 저희가 방문한 춘천 카페에 느린 우체통이라는 것이 있었다는 게 기억났습니다. 그 우체통에 편지를 넣으면 일 년 뒤에 배달되는 서비스였지요. 오글거리는 걸 싫어하는 저는 당연히 편지 같은 건 쓰지 않았습니다. 하지만 그때 내가 장수라는 이름으로 불렀던 남자는 보냈던 것입니다. 엽서는 아코디언처럼 접힌 긴 종이가 붙어 꽤 두툼했습니다. 아마 거기 오기 전에 미리 써놓았던 모양입니다.

아니, 전 읽지 않았습니다. 궁금하지도 않았고 조금 궁금했다고 해도 혐오감이 더 심했습니다. 전 엽서를 근처 놀이터로 들고 가서 태워버렸어요. 그날 밤 전 장수와 관련된 꿈을 꾸었고 거기서 좀 울었던 것도 같은데, 암만 생각해도 개꿈이었지요.

햄릿 사건

경애하는 포틴브라스 국왕 폐하 그리고 덴마크의 대신 여러분.

지난 몇 주 동안 덴마크에서 일어난 피투성이 비극에 대해서는 이미 모두가 알고 계시리라 믿습니다. 제가 이 방에 들어오기 전에 돌아가신 햄릿 왕자의 절친한 친구 호레이쇼가 이미 여러분에게 상세한 이야기를 들려드렸겠지요. 부왕의 유령으로부터 클로디어스 국왕이 아버지를 독살했다는 말을 들은 햄릿 왕자님께서 미치광이로 위장해 복수를 노렸다는 이야기 말입니다.

바로 며칠 전에 단 한 번 만났을 뿐입니다만, 전 지금까지 호레이쇼에 대한 온갖 좋은 이야기를 들었습니다. 뛰어난 학자이고 정직한 신하이며 왕자에게 더 이상 좋을 수 없는 친구였다고요. 전 여러분이 아까 들었던 모든 이야기에 거짓이 하나도 섞이지 않았을 것이라고 믿습니다.

하지만 그렇다고 호레이쇼의 이야기가 절대적인 진실이라

고 확신할 수 있을까요? 햄릿 왕자가 클로디어스 국왕을 살해해 복수하려 했다는 것만으로 이 수많은 죽음을 설명할 수 있을까요? 영국에서 처형당한 로젠크렌츠와 길던스턴을 제외하더라도 햄릿 왕자를 포함한 여섯 명이나 되는 사람들이 죽었습니다. 과연 이 죽음들이 모두 자연스럽습니까?

처음으로 돌아가봅시다. 햄릿 왕자가 돌아가신 햄릿 국왕의 유령에게서 살인 사건의 진상을 들었다는 부분 말입니다. 호레이쇼 그리고 파수병인 마셀러스와 버나도가 햄릿 왕자와 함께 부왕의 유령을 보았습니다. 이들의 증언은 모두 믿음직스럽고, 전 이 모든 일이 실제로 일어났다고 확신할 수 있습니다.

하지만 전 이들이 목격한 것이 부왕의 유령이었다고 생각하지는 않습니다. 유령보다 훨씬 손쉬운 답이 있기 때문입니다. 며칠 전 엘시노어성에서는 연극 공연이 있었습니다. 〈곤자고의 시역〉 또는 〈쥐덫〉이라는 제목의 연극을 공연했지요. 그때 왕을 연기했던 배우가 부왕과 얼마나 닮았던지, 모두가 놀라지 않았던가요? 이들이 본 건 분장한 배우가 아니었을까요? 마침 그 배우가 속한 유랑극단은 성 근처에 있었습니다.

그렇다면 유령의 고백은 어떻게 된 것일까? 햄릿 왕자를 제외한 어느 누구도 그걸 듣지 못했습니다. 유령이 왕자를 증인들이 없는 다른 곳으로 유인했기 때문이지요. 우리는 햄릿 왕자가 진짜로 무슨 이야기를 들었는지, 아니, 이야기가 있기는 했는지 모릅니다.

증인들이 들었다는 "맹세하라!"라는 외침은 어떻게 된 거냐고요? 입을 벌리지 않고도 말을 할 수 있는 복화술이라는 놀라운 기술이 있습니다. 호레이쇼와 마셀러스가 모두 진실을 말했다면 그건 햄릿 왕자가 그 복화술을 쓴 당사자라는 말이 아닐까요. 늘 배우들과 어울려 다녔고 이들의 기예에 밝았으며 유령이 입고 있었다던 부왕의 갑옷을 언제든지 빼돌릴 수 있었던 유일한 사람 말입니다.

네, 저는 햄릿 왕자가 복수의 명분을 위해 이 유령 사건을 조작했다고 주장하는 겁니다.

비난하기 전에 제 말을 조금만 더 들어주십시오. 햄릿 왕자의 증언 말고 클로디어스 국왕이 형을 살해했다는 증거가 어디에 있습니까. 없습니다. 동기가 있는 유력한 용의자였다고요? 하지만 용의자는 한 명이 아닙니다. 동기는 햄릿 왕자에게도 있었습니다. 왕좌를 노리기 위해 아버지를 살해한 사람이 과연 햄릿 왕자 이전에 없었습니까? 유령이 이야기했다는 그 상세한 살인과정의 묘사를 돌이켜보십시오. 유령이 들려준 게 아니라면 왕자는 어떻게 그 사건에 대해 상세하게 알 수 있었을까요? 답은 하나입니다. 왕자 자신이 그 끔찍한 일을 저지른 범인이었다는 것입니다.

여러분은 물을 겁니다. 오즈릭, 그건 말이 안 돼. 왕자는 당시 비텐베르크에 있지 않았나. 하지만 비텐베르크는 멀지 않습니다. 빠른 말로는 사흘이면 충분히 갈 수 있는 곳입니다. 왕족 학생이 일주일 정도 자리를 비웠다고 굳이 그걸 기억하고 트집 잡는 사람은 없습니다. 적어도 제가 아는 바로는 그렇습니다.

제가 맞다면, 햄릿 왕자에게 이 '복수'는 왕이 되기 위한 살인의 다음 단계였습니다. 하지만 여기엔 조금 수상쩍은 부분이 있습니다. 〈곤자고의 시역〉 연극 공연 당시 클로디어스 왕이 격렬하게 반응했고 심한 죄책감을 느낀 것처럼 보였다는 것이지요. 전 이렇게 설명하겠습니다. 클로디어스 왕은 범인이 아니었지만, 조카가 형을 죽이는 것을 목격했고 이를 방치했다는 것입니다. 옳지 않은 일이지만 이해가 됩니다. 진심으로 형수를 사랑했으니까요.

그 뒤에 일어난 일에 대해서는 모두 클로디어스 국왕의 책임을 묻는 분위기입니다. 하지만 저는 이해가 됩니다. 햄릿 왕자는 폭주하고 있었습니다. 폴로니어스의 죽음으로 돌아가보죠. 과연 그 살인이 "왕자가 왕으로 착각해서 죽였다"로 설명이 됩니까? 살인 후 시체를 끌고 다니며 저지른 모욕적인 행동은 어떻습니까? 호레이쇼는 왕자가 미치광이인 척 연기를 했다고 합니다만, 실제로 미쳤다고 보는 게 맞지 않을까요? 죽은 오필리아도 이에 대해 알고 있었던 게 아닐까요? 엘시노어성에서 미친 사람은 오로지 햄릿 왕자뿐이었고 오필리아는 왕자의 광기와 집착을 견디지 못해 자살한 게 아닐까요? 그렇다면 어떻게 해서라도 왕자를 막고 덴마크 왕실의 체통을 지키는 것이 국왕이 해야 할 일이 아니었을까요? 지나치게 복잡해진 음모가 우연 속에서 얽혀 결국 모두가 죽어버렸지만 말입니다.

자, 여러분에게는 두 개의 이야기가 있습니다. 하나는 아버지의 복수를 하려던 고귀한 왕자의 이야기입니다. 다른 하나는 아버지를 죽이고 숙부에게 누명을 뒤집어씌우려던 미치광이 살인마의 이야기입니다. 제가 보기엔 모든 증거가 후자를 가리키고 있는 것처럼 보입니다. 조금만 더 시간을 주신다면 전 증거와 증인들을 더 모아 올 수 있습니다. 일단 유랑극단이 아직 엘시노어성에 있으니까요. 비텐베르크에도 당시 왕자의 부재를 증명해줄 학생들이 있을지 모릅니다.

하지만 여러분은 제 이야기에 별 관심이 없어 보이는군요.

하지만 저는 미스터리 작가인데요

얼마 전에 전 《2035 SF 미스터리》라는 앤솔러지에 〈며칠 늦게 죽을 수도 있지〉라는 단편을 실었습니다. 제목만 봐도 알 수 있지만, 근미래 한국을 배경으로 한 미스터리물을 모은 책이었어요. 제가 쓴 건 난민협회 회장을 살해한 범인을 추적하는 난민 출신 탐정 이야기였습니다.

이 단편들이 밀리의 서재를 거치고 종이책으로 나올 무렵 전 홍보용 Q&A를 위한 질문지를 받았습니다. 저만 받은 게 아니라 참여한 모든 작가가 받았지요. 그런데 첫 질문이 이런 것이었습니다.

"SF 작가, 미스터리 작가로서 다른 장르와의 컬래버 작업이 쉽지 않으셨을 것 같아요. 어떤 경험이셨나요?"

읽자마자 자동적으로 답변이 튀어나왔습니다.

"하지만 전 미스터리 작가인데요?"

이런 질문이 왜 나왔는지는 압니다. 이 책을 기획한 사람들은 이를 '컬래버 작업'으로 인식했습니다. SF 작가와 추리 작가들을 모아 SF 미스터리라는 중간 지점에서 자신의 장르와 인근의 다른 장르를 섞어보는 실험을 하자! '어떤' 추리 작가에겐 이게 정말 의미 있는 장르실험이었을 수도 있습니다. 하지만 '많은' SF 작가에게 이는 그냥 일상입니다. 전 도전적인 장르실험을 한 게 아니었어요. SF 배경의 미스터리는 제가 몇십 년 동안 떠난 적이 없는 영역입니다.

제가 쓴 장편들만 모아 내용을 읊어볼게요.

《평형추》: 궤도 엘리베이터를 세우는 다국적 회사의 사내 스파이가 새로 온 신입사원을 노리는 무리가 있다는 걸 알게 된다. 스파이와 신입사원은 목숨을 노리는 악당들을 피해 다니며 사건의 진상을 파헤친다.

《아르카디아에도 나는 있었다》: 소행성대를 관리하는 공무원이 우주선 사고로 몸 대부분을 잃고 가상현실에서 깨어난다. 주인공은 그 안에서 자신의 사고가 태양계 전체의 운명을 좌우하는 음모와 관련 있다는 사실을 알게 되고 사건의 진상을 파헤친다.

《민트의 세계》: 모든 사람이 초능력자가 된 미래. 여의도 고층건물에서 불에 탄 여자아이의 시체가 발견되고 사건의 진상을 밝히려는 수사가 진행된다.

《대리전》: 외계인을 위한 여행회사의 직원들이 정체불명의 일당들의 공격을 받는다. 운 좋게 살아남은 회사 직원인 주인공은 사건의 진상을 밝히려…….

이런 식으로 계속 이어집니다. 단편들로 들어가면 더 많습니다. 아주 정통의 추리소설, 그러니까 명탐정이 등장해 배배 꼬인 트릭이 숨어 있는 살인 사건을 해결한 뒤 사람들을 모아놓고 강연하는 소설도 한 번만 쓴 게 아니에요. 어쩔 수 있나요. 전 연애나 섹스 이야기를 거의 쓰지 않습니다. 제 사생활을 읊을 생각도 없고 성장물에도 관심이 없습니다. 남은 틀은 미스터리입니다. 수수께끼를 풀고, 그 과정 중 주어진 위기에 맞서고.

원래 장르는 그렇게 완벽하게 구분되지 않습니다. 여기에 대해서는 제가 쓴 썩 괜찮은 장르 안내서인《장르 세계를 떠도는 듀나의 탐사기》를 읽어주시길 바라요. 요약한다면 하나의 장르는 늘 인근의 여러 장르와 겹쳐 있는 상태로 존재하고 그 결과 만들어지는 SF 미스터리는 그중 인기 있고 안정적인 서브 장르라는 것입니다. 미스터리를, 범죄를 다룬 장르로 보아도 그렇고, 수수께끼를 푸는 과정을 그리는 장르로 봐도 그렇지요. 이게 누군가에게 실험적으로 보인다면 그건 추리 장르의 관점에서 보았기 때문일 거예요. SF 미스터리를 쓰는 작가들은 자동적으로 SF 작가로 분류되니까요. 하지만 그렇다고 제가 미스터리 작가가 아닌 다른 무언가가 되는 건 아니지 않나요?

그러나 그와 별도로 저는 '미스터리 장르'에서는 비전문가인 게 맞습니다. 지금부터 '미스터리 장르'는 SF나 판타지의 요소가 개입되지 않은, 동시대 또는 과거 배경의 미스터리를 가리킵니다.

생각해보면 좀 이상합니다. 전 언제나 미스터리소설을 SF보다 많이 읽었어요. 일단 소개되는 책이 월등히 많았으니까요. 제가 지금도 쓰고 있는 장르 어법 절반 이상은 어렸을 때 읽은 동서추리문고에서 왔어요. 읽은 책의 숫자로만 계산한다면 전 미스터리 작가가 되었어야 했습니다. 하지만 SF 작가가 됐죠.

뭐가 문제였을까. 여러 가지가 있겠지요. 일단 현대 한국 배경의 추리물을 쓰려면 어쩔 수 없이 현실 세계를 다루어야 합니다. 그런데 전 현실 세계를 그리는 데에는 별 관심이 없었습니다. 제가 당시 잠재적인 추리 작가로서 어느 정도 관심이 있고 지식도 있는 곳은 19세기 말에서 20세기 중반까지 영어권에서 쓰인 황금기 추리소설의 세계였습니다. 그러니까 살인범은 언제나 필요 이상으로 복잡한 알리바이와 밀실 트릭을 고안하고 스코틀랜드 야드의 형사들은 아마추어 명탐정의 조언을 구하는 곳요.

이 세계는 제가 아무리 노력해도 현대 한국에 이식되지 않았습니다. 적어도 당시에는요. 지금은 셜록 홈스나 미스 마플 같지는 않아도 한국적인 괴짜 명탐정이 나오는 추리물을 쓰는 건 그렇게까지 어렵지 않습니다. 그동안 한국 추리 장르의 계보가 쌓이고 작품들도 다양해졌거든요. 하지만 전 그때는 그게 어렵다고 생각했습니다.

문제가 하나 더 있었습니다. 전 폭력을 잘 다루지 못했습니다. 이런 말을 들으면 어이가 없다고 생각하는 사람들이 있을 텐데, 전 청소년소설에서도 "괴물은 여자의 목을 멀쩡한 오른

손으로 뜯어내고 있었다" 같은 문장을 넣는 사람이니까요. 하지만 제가 편하게 다룰 수 있는 건 환상적인 세계에서 일어나는 비현실적인 폭력입니다. 현실 세계의 폭력, 그중에서도 약자를 대상으로 한 폭력을 보면 전 쓸 의욕을 잃어버립니다. 제가 아주 진지한 사실주의 작가라면 이들은 중요한 소재가 될 수 있겠지만 전 그런 부류가 아닌걸요. 그렇다고 이런 폭력의 선정성을 즐기는 편도 아니고요.

여기서 제 흑역사 하나를 소개할게요. 전 90년대 말에 몇 편의 미스터리 단편을 썼는데, 대부분 제2차 세계대전 이전의 영국과 미국을 배경으로 하고 있었습니다. 하나는 제목이 뭐였더라…… 아, 〈아무개 어쩌구 단검의 비밀〉이었습니다. 아무개 어쩌구 자리엔 제가 백과사전에서 찾은 이국적인 아프리카 고유명사가 붙어 있었습니다.

내용은 이렇습니다. 무대는 콘월의 대저택(《레베카》를 읽었기 때문에 묘사에 자신이 있었습니다). 막 어린 딸의 가정교사와 재혼한 고고학자가 저택에 돌아옵니다. 몇 주 뒤 고고학자는 요란한 파티를 벌이는데 다음 날 아침 칼에 찔린 시체로 발견됩니다. 서아프리카 어느 왕국에서 발굴된 단검인 흉기는 사라졌고 가장 유력한 용의자는 가정교사입니다. 하지만 동기와 사건 정황이 맞아떨어지지 않고 어설프게나마 알리바이도 있습니다.

여기서 명탐정이 등장합니다. 파티에 남동생과 함께 초대된 추리 작가인데 전 베티 데이비스와 도로시 파커 중간쯤되는 외모의 심술궂은 30대로 설정했습니다. 왓슨 역을 하는 남동생은 조지 샌더스 닮았다고 생각했고요. 명탐정은, 가정교사가 범인이라는 스코틀랜드 야드 민완 형사의 가설은 형편없는 소설이라고 생각합니다. 그리고 어느 소설이 형편없다면 그건 삶의 복잡성을 반영하지 못하는, 쉽고 단순한 설명으로만 구성되어 있기 때문이지요.

끝까지 범인은 밝혀지지 않고 흉기도 발견되지 않습니다. 유산을 상속받은 가정교사는 고고학자의 딸과 함께 캐나다로 떠나고요. 그리고 일 년 뒤 명탐정은 동생에게 사건의 진상을 설명합니다. 알고 봤더니 고고학자는 어린 딸을 성폭행해온 악당이었고 가정교사는 어떻게든 그 아이를 지키기 위해 그 남자와 결혼했던 것입니다. 범인은 딸이었습니다. 철저하게 정당방위였지요. 지문이 묻은 단검은 역시 고대 유물인 청동 꽃병 안에 숨겨져 있었는데 칼을 꺼내지 못한 가정교사가 점토로 고정시켜놓았습니다. 스코틀랜드 야드 민완 형사는 심지어 독자들이 보는 앞에서 꽃병을 흔들기까지 했는데, 이미 점토가 굳어서 알아차리지 못했습니다.

이 이야기에는 여러 결함이 있습니다. 일단 고고학자가 발굴한 유물이 살인이 가능할 정도로 날이 서 있을 리가 없지요. 명탐정은 시체의 자세를 바탕으로 범행이 아이에 의해 저질러졌다고 설명하는데, 이런 건 아마추어 탐정보다 법의학 전문가가 더 쉽게 알아차릴 수 있지 않을까요? 단지 점토로 숨긴 흉기 설정은 아마 제가 위에서 읊은 것보다 더 정교했을 것입니다.

하여간 전 이 단편이 무척 자랑스러웠습니다. 제가 그동안 열심히 읽어댔던 소설과 그럴싸하게 비슷한 무언가가 나왔으니까요. 하지만 전 이 이야기가 어쩔 수 없이 우스꽝스러울 수밖에 없으며 이런 식으로 작업을 계속할 수 없다는 것도 알았습니다. 그 뒤에도 몇 편의 시도가 있긴 했었는데(그중 두 편은 호레이쇼 펜튼이라는 NYPD 소속 중년의 흑인 형사가 계속 아시아계 범죄자와 마주치는 연작이었습니다) 전 포기하고 말았습니다.

대안은? 다행히도 전 SF를 통해 한국어 사용자들이 나오는 허구의 공간을 만들어낼 수 있었습니다. 그 세계에서는 황금시대 추리소설에 나올 법한 트릭과 그런 소설에 나올 법한 캐릭터도 별 어려움 없이 존재했습니다. 폭력은 극단적으로 비현실적이 될 수 있었고 아예 폭력이 개입되지 않은 미스터리를 만들어내는 것도 가능했습니다. 그러니까 전 제가 아는 종류의 미스터리를 쓰기 위해 SF라는 장르를 선택한 것입니다. 그게 이 장르를 선택한 유일한 이유는 아니었지만 그래도 3분의 1 정도는 되었을 거예요.

그렇다면 여러분이 지금 읽고 있는 책은 뭐죠? 이건 위에서 장황하게 언급한 핸디캡에도 불구하고 제가 책 한 권 분량의 미스터리 단편들을 쓰는 데 성공했다는 증거입니다. 앞에서도 말했지만, 한국 장르문학의 지형이 그 뒤로 바뀌었습니다. 저 같은 사람이 보다 편안하게 이 장르에 들어와 쓰고 싶은 글을 쓸 수 있게 된 것입니다.

여전히 전 진지한 미스터리 작가가 아닙니다. 줄리언 시먼스가 싫어했던 부류, 그러니까 과거 미스터리 고전의 패스티시만을 쓰는 사람이지요. 단지 전 그게 그렇게 문제라고 생각하지 않습니다. 장르문학이 한 방향으로만 진화해야 한다고도, 장르에 대한 진지함이 의무라고도 믿지 않으니까요. 제가 애거서 크리스티, 존 딕슨 카, 엘러리 퀸, 대실 해밋, 헨리 슬래서, 해리 케멜먼, 퍼트리샤 하이스미스가 살았던 곳에서 잠시 피크닉을 즐겼다고 해서 그게 그렇게 구박받을 일일까요? 저와 여러분이 그 피크닉을 즐겼다면 충분하지 않을까요?

지금부터 수록된 단편들에 대한 이야기를 조금 길게 하겠습니다. 스포일러가 있습니다.

〈성호 삼촌의 범죄〉는 제가 완성해서 출판한 두 번째 미스터리 단편입니다. (첫 번째는《태평양 횡단특급》에 실린 〈대리 살인자〉입니다.) 2015년《미스테리아》3호에 실렸어요. 당시 그 잡지에서는 밀실 미스터리 특집이 연재되고 있었는데, 연재가 끝나는 호에 밀실 살인을 다룬 단편이 수록되면 재미있을 거란 생각이 들었습니다.

제가 엄청나게 독창적인 밀실 트릭을 만들었던 것은 아닙니다. 그럴 생각도 없었고요. 어차피 밀실 트릭은 아무리 정교하게 만들어도 몇 가지 고정된 틀로 분류될 수밖에 없습니다. (그래서 존 딕슨 카의《세 개의 관》에 나온 기데온 펠 박사의 밀실 트릭 강의가 기괴하게 재미있지요. 이 양반은 충분히 간소하게 압축해 정리할 수 있는 이야기를 일부러 배배 꼬고 흐트려서 복잡하게 만들었거든요.) 전 그 틀 중 하나를 골라서 한 문장으로 사건 전체가 설명될 수 있는 서술 트릭 안에 넣었습니다. 그 서술 트릭 역시 아주 유명한 고전에서 출발했지만(말이 나왔으니 하는 말인데, 그 고전은 그 트릭을 쓴 최초의 책이 아닙니다. 심지어 같은 작가도 몇 년 전에 거의 유사한 트릭을 한 번 썼었고 그 고전 이후에도 한 번 더 썼었어요) 이 둘을 결합하면 자기만의 목소리를 가진 재미있는 결말을 낼 수 있을 거라고 생각했습니다. 독자 한 명은 이 트릭과 모리스 르블랑의 모 아르센 뤼팽 단편에 사용된 트릭과의 유사성을 지적했는데, 그 단편은 알고 있었지만 쓰는 동안은 생각하지 않았습니다.

〈마지막 피 한 방울까지〉는 2017년 《미스테리아》 11호에 실렸습니다. 전 우발적으로 가부장을 죽인 가족이 시체를 토막 내 버리는 이야기를 몇 년째 굴리고 있었어요. 이 이야기의 문제는 범죄가 너무 성공적이어서 발전할 구석이 없다는 것이었습니다. 페드로 알모도바르의 〈귀향〉에서처럼 시치미 뚝 뗀 해피 엔딩으로 몰아갈 생각이었는데 그런 식으로 전개가 안 되었어요. 그래서 전 대신 그 이야기와 분리되어 있지만 그래도 속편처럼 보이는 단편을 썼습니다. 그리고 그 과정 중 제가 싫어하는 두 개를 의도적으로 뺐습니다. 젊은 남자 범죄자의 장황한 사정을 참을성 있게 들어주는 것과 쉽게 선정적이 될 수 있는 특정 범죄를 구체적으로 묘사하는 것요.

경찰 업무와 관련된 부분에서는 서울지방경찰청의 홍보담당관실 상동규 경사의 자문을 받았습니다.

〈그 겨울, 손탁 호텔에서〉는 2019년 《미스테리아》 18호에 실렸습니다. 군이 설명할 필요도 없겠지만 프랑수아 트뤼포의 〈아메리카의 밤〉(국내에는 〈사랑의 묵시록〉이라는 제목으로 출시되어 있는데, 제가 명화극장에서 본 더빙판에서는 이 제목을 쓰고 있었습니다)을 오마주한 이야기입니다. 전 언제나 영화 현장 이야기를 쓰고 싶었어요. 이 계획엔 저에게 현장에 대한 경험이 전혀 없다는 사소한 문제가 있었지만요. 다 쓰고 이경미 감독의 검사를 맡았는데, 별 지적은 받지 않아서 아주 이상한 이야기는 아니라고 생각하고 있습니다.

알리바이 트릭 이야기입니다. 밀실 트릭과 마찬가지로 알리바이 트릭도 몇 안 되는 틀로 분류될 수 있는데, 이것도 그 익숙한 틀에 속해 있습니다. 단지 전 이것을 화자의 설정과 연결시키면 기계적인 트릭 이상의 의미를 부여할 수 있을 거 같았습니다.

등장인물 중 한 명을 아이돌로 설정했는데, 아이돌 응원봉으로 다리오 아르젠토 영화스러운 분위기를 넣을 수 있었기 때문이었습니다. 전 아직도 완벽한 아르젠토 반전으로 끝나는 이야기를 찾고 있어요. 그리고 중반에 나오는 "배우가 늘 잘할 필요가 있나. 이런 장면 하나만 있으면 되는 거지"는 제가 만든 대사가 아닙니다. 〈미쓰 홍당무〉 촬영장을 방문한 송강호가 서우의 연기를 보고 그렇게 말했대요.

전 연예계 성범죄 해시태그 운동, 미투 운동이 일어나기 전부터 이 이야기를 쓰기 시작했습니다. 발표가 계속 늦어지면서 현재형으로 역사가 이 가벼운 단편으로 들어왔지요. 그렇다고 범인의 동기가 바뀌었다는 것은 아닙니다. 업계 사람들은 이미 이 성범죄자들에 대해 알고 있었어요. 이를 당연하게 여기지 않고 맞서야 한다는 사람들이 적었을 뿐입니다.

〈돼지 먹이〉는 2020년 10월에 팟빵에서 오디오북으로 처음 소개되었고 같은 해 11월에 《들어본 이야기》라는 앤솔러지에 수록되었습니다. 여기에 수록된 단편들은 모두 '오디오북 퍼스트' 기획을 따른 것으로 《들어본 이야기》라는 책 제목도 이에 맞춘 것입니다. 정작 책에서는 설명을 찾을 수 없지만요.

이인칭 소설입니다. 보통 소설 작법서를 보면 될 수 있는 한 이런 건 쓰지 말라고 합니다. 그래도 전 두 가지 이유로 이걸 선택했습니다. 첫째, 저는 고전 라디오 드라마와 비슷한 효과를 내는 오디오북을 의도했습니다. 라디오 드라마는 제가 늘 도전하고 싶은 장르인데, 유감스럽게도 입에 잘 붙는 자연스러운 대사는 저랑 인연이 멀지요. 하지만 이인칭 오디오북이라면 대충 그 분위기를 낼 수 있을 거 같았어요. 둘째, 이 이야기가 옛날 미국 하드보일드 소설을 흉내 내며 시작하기 때문에 이 미국 백인 남자 주인공의 당연함을 깨트릴 필요가 있었습니다. 그래서 일부러 여성 성우를 요청했지요.

(김보나 성우가 낭독을 맡았습니다.)

〈돼지 먹이〉는 제가 옛날에 썼던 서양 배경의 패스티시 소설에 가장 가깝습니다. 전 대실 해밋의 콘티넨털 오프 단편들, 그중에서도 〈쿠피날섬의 약탈〉을 시작점으로 잡았습니다. 단지 지금의 저는 여분의 핑계 없이 이런 이야기를 쓸 수 없었어요. 그리고 제가 이를 위해 고른 '동아시아 독자가 미국 백인 남자를 당연한 보편으로 여기고 감정 이입하는 건 얼마나 웃기는 일인가'는 이 코미디에 어울리는 괜찮은 주제입니다.

아, 그리고 이 이야기는 영퀴, 그러니까 영화퀴즈입니다.

〈콩알이를 지켜라!〉는 2021년 《미스테리아》 34호에 실렸습니다. 원래는 뒤에 있는 〈그건 너의 피였어〉를 보낼 생각이었는데 후반부가 잘 안 풀렸어요. 하지만 이건 비교적 쉽게 쓸 수 있었습니다.

전 아주 옛날에 〈스핑크스 아래서〉라는 단편을 쓴 적이 있습니다. 거기엔 동명의 필름 누아르 영화가 큰 비중으로 언급되는데, 전 그 영화가 무슨 이야기인지 궁금했습니다. 그래서 한번 굴려봤어요. 이 이야기가 코로나 시대 한국을 배경으로 하는 〈스핑크스 아래서〉라는 말은 아닙니다. 그냥 시작 지점이 그 허구의 영화였다는 것이죠. 다른 시작점은 퍼트리샤 하이스미스의 소설들이었습니다. 그리고 하이스미스의 세계에서 그랬던 것처럼 두 주인공의 범죄 계획이 얼마나 완벽한가는 전혀 중요하지 않습니다.

〈누가 춘배를 죽였지?〉는 이 단편집에 처음으로 수록되었습니다. 2018년부터 쓰기 시작했는데, 결말을 찾지 못해 몇 년 동안 방치했다가 얼마 전에 완성했어요.

이 이야기의 도입부는 제 핸디캡과 연결되어 있습니다. 전 젊은 남자 연예인들의 얼굴을 잘 구별하지 못해요. 이들이 떼로 나오면 더 힘들고요. 그 때문에 영화가 끝난 뒤에도 감독이나 작가가 의도하지 않은 미스터리가 종종 남습니다. ("걔가 걔야?") 그렇게 본 영화의 리뷰는 당연히 써서는 안 되지만 그 경험을 바탕으로 미스터리 단편을 쓰는 건 가능하겠지요.

1980년대 이야기는 1986년에 일어났던 유명한 실제 실종 사건과 제가 일가친척에게서 들은 몇몇 에피소드에서 아이디어를 얻었습니다. 80년대를 한국 영화의 정점으로 기억하는 사람들은 아무도 없겠지만 제 상상력은 늘 이때 싸구려 영화를 찍던 사람들에게 흘러갑니다.

〈그건 너의 피였어〉도 이 단편집에 처음으로 수록된 단편입니다. 이 이야기의 아이디어는 지금은 없어진 미국

LGBTQ+ 사이트의 사연 소개란에 실렸던 글에서 얻었어요. 1990년대 말이었던 것으로 기억합니다. 그리고 전 몇 년 뒤에 페이지 브래덕의 만화 〈제인의 세계〉에서 비슷한 설정으로 시작하는 에피소드를 봤습니다. 의외로 이런 일이 잘 일어나는 모양입니다. 하긴 학교는 끔찍한 곳이고 졸업한 후 사람들은 많이 바뀌니까요.

이 이야기는 심지어 〈성호 삼촌의 범죄〉 이전부터 쓰기 시작했는데, 제가 감당하기엔 좀 신파이고 학교 폭력에 대해 쓰는 게 정말 싫어서 십 년째 중단되어 있었습니다. 하지만 언제까지 이 캐릭터들을 연옥 속에 가둘 수는 없었어요. 끝을 봐야죠.

〈햄릿 사건〉은 1994년에 하이텔 PC통신에 올린 단편을 다시 쓴 것입니다. 다시 쓴 이유는 간단해요. 원고를 잃어버렸습니다! 그렇게 긴 이야기도 아니고 내용도 아니까 대단한 작업은 아니라고 생각했지요. 지금이라도 원래 원고를 갖고 계신 분은 저에게 연락을 주시기 바랍니다.

당연한 이야기지만 이야기의 시작은 제임스 서버의 단편 〈맥베스 사건의 수수께끼〉입니다. 그걸 읽고 비슷한 걸 쓰고 싶었어요. 그래서 고른 게 〈햄릿〉이었습니다. 햄릿은 셰익스피어의 주인공 중 가장 앞뒤가 맞지 않고 수상쩍은 사람이니까요. 기승전결이 맞는 음모론을 넣은 이야기를 쓰고 전 한동 안 의기양양했습니다. 움베르토 에코 그리고 아마도 길버트 키스 체스터턴이 한참 전에 비슷한 아이디어를 굴렸다는 사 실을 알게 되기 전까지는요. 이들의 아이디어가 제 것과 얼마 나 비슷한지는 모르겠지만 크게 다를 거라는 생각은 들지 않 습니다. 그럴싸한 이야기는 늘 수렴하기 마련이니까.

자, 이제 미스터리 작가로서 저의 미래는 어떻게 될까요? 저에겐 마무리 지어야 할 두 편의 이야기가 있습니다. 하나 는 교환교수인 남편과 함께 한국에 온 프랑스인 작가가 탈 북인 여성과 얽힌다는 단편인데 머리와 꼬리만 있습니다. 원 래 계획을 따른다면 조금 기분 나쁜 이야기가 될 것 같습니 다. 다른 하나는 《팝툰》에서 연재하다 잡지 폐간과 함께 중단 된 〈거미줄 그늘〉이라는 장편으로, 자신이 살인범임을 증명 하려고 정신병원에서 탈출한 여자와 그 여자와 얽힌 목사 딸 이야기입니다. 다시 작업한다면 시대가 바뀌겠지요. 그동안 GPS 추적장치 기술 같은 것이 자연스럽게 이야기에 녹아들 수 있을 정도로 발전했기 때문입니다. 그밖에도 몇몇 단편 계 획이 있는데 아직 여기서 이야기할 만한 단계는 아닙니다.

중요한 건 제가 지금 속도로 미스터리물을 쓴다면 이 장르 에 속한 책을 죽기 전에 최소한 두 권은 더 낼 수 있다는 것입니다. 여전히 제가 진지한 미스터리 작가로 대접받는 일은 없겠지만 이 정도면 동서추리문고를 끌어안고 어린 시절을 보낸 사람에겐 만족스러운 성취가 아닐까요.

직업이 작가라고 하더라도 끝없이 글을 써나가다 보면 가끔 이게 뭐 하는 짓인가 하는 생각이 들 때가 있다. 내 머리에서 나오는 내 글만 계속 보고 있으면 내 생각으로 쓰는 내 글이다 보니까 가끔은 너무나 빤해서 답답하고 지칠 때도 있다. 이럴 때는 신선한 공기를 쏘이면서 기분 전환을 하듯이 좋은 글, 언제 읽어도 상쾌하다는 느낌이 드는 훌륭한 글을 읽어서 글에 대한 감각을 정화하고 싶어진다. 그럴 때 나는 듀나 작가의 책을 뽑아 든다. 그래서 나는 듀나 작가의 첫 출간작부터 최근작까지 모든 책을 항상 책장에 꽂아둔다. 나란히 서 있는 듀나 작가의 책들은 날씨 좋은 날의 산책길이고, 입맛 없을 때 선물로 배달된 케이크이고, 치킨을 먹다 목마를 때 막 따라주는 생맥주이고, 피곤한 저녁에 집에 돌아오면 욕조를 채우고 있는 목욕물이고, 산길을 걷다가 우연히 만난 털이

복실복실하고 오물오물 풀을 잘 먹는 산토끼다.

　듀나 작가는 1990년대 후반부터 영화평론을 하면서 많은 사람에게 알려졌지만, 역시 듀나 문학의 진수는 소설이다. 옛날에 주위 사람들에게 "듀나 혹시 모르세요?"라고 소개하려고 할 때마다, "그 영화평론가?"라는 말을 듣고 얼마나 가슴이 탔는지 모른다. 우리가 꿈꾸는 더 좋은 세상이라면 마땅히 반대로 듀나 작가의 영화평론을 볼 때마다 "이 사람은 소설도 훌륭한데 영화평론도 잘 쓰네"라고 할 텐데. 듀나 소설은 눈길을 잡아끄는 심장 두근거리는 시작으로 사람을 잡아채고, 기대할 만한 재미와 감동으로 그대로 직진한다. 그러면서도 항상 새롭고 신선하다. 그 와중에 정교한 한 마디 한 구절의 꾸밈은 대단히 아름답다.

　《그 겨울, 손탁 호텔에서》는 듀나의 추리소설 모음집이다. 추리소설, 특히 어릴 때 처음 접하기 마련인 명작들의 멋과 즐거움에 흠뻑 빠져 있는 사람이라면 그 재미의 구석구석을 다시 맛볼 수 있는 이야기들로 가득하다. 느긋한 저녁 소파에 앉아 즐길 읽을거리로 이 이상이 없다. 그러면서도 요즘 감각, 현대의 시각으로 세부 사항을 풍부하게 꾸민 곳들도 결코 힘이 약하지 않아서, 읽고 나면 어느 이야기 하나 허투루 가볍게 잊히지 않는다.

소설을 읽으며, 어떻게 고작 두 문장 정도로 수수께끼가 가득 차 있을 것 같은 풍경을 완벽하게 만들어낼 수 있는지, 그 기막힌 글솜씨에 감탄하다가도, 다음 대목에서는 한 문장 반 남짓한 정도로 오랜 시간 알고 지냈던 것만 같은 사람이 등장하여 살아 움직이는 것 같은 장면이 펼쳐진다. 한국 문학을 대표할 수 있는 최고 수준의 거장이 쓴 수작이 모여 있는 책이라, 역시 책꽂이에 꽂아둘 만하다. 일전에 심너울 작가는 듀나 작가의 소설 같은 글을 하나만 제대로 쓸 수 있다면 그다음에는 죽어도 좋겠다는 말을 한 적이 있는데, 나는 그런 허망한 바람은 품지 않는다. 오직 듀나 작가 본인께서 오랜 시간 만수무강하시면서 앞으로도 20년, 30년 계속 많은 소설을 써주시기를 바라고 또 기다릴 뿐이다.

곽재식 소설가

퍼플레터 구독 신청 링크
퍼플레터는 퍼플레인의 뉴스레터 서비스입니다.

그 겨울, 손탁 호텔에서

초판 1쇄 발행 2022년 7월 25일
초판 2쇄 발행 2022년 9월 19일

지은이 듀나

펴낸이 박선경
기획·편집 이유나, 강민형, 오정빈, 지혜빈
마케팅 박언경, 황예린
디자인 studio forb
제작 디자인원(031-941-0991)
작가 전속에이전시 그린북 에이전시

펴낸곳 도서출판 갈매나무
출판등록 2006년 7월 27일 제395-2006-000092호
주소 경기도 고양시 일산동구 호수로 358-39 (백석동, 동문타워 I) 808호
전화 (031)967-5596
팩스 (031)967-5597
블로그 blog.naver.com/kevinmanse
이메일 kevinmanse@naver.com
인스타그램 www.instagram.com/purplerain.pub

ISBN 979-11-91842-24-1 (03810)
값 15,000원

'퍼플레인'은 도서출판 갈매나무의 장르소설 전문 브랜드입니다.
배본, 판매 등 관련 업무는 도서출판 갈매나무에서 관리합니다.

* 잘못된 책은 구입하신 서점에서 바꾸어드립니다.
* 본서의 반품 기한은 2027년 8월 25일까지입니다.